Über dieses Buch

Zum Atemholen zwischen der Arbeit an ihren Romanen schrieb Virginia Woolf Kurzgeschichten. Plötzliche Einfälle, flüchtige Begegnungen, »allerhand buntes aufgelesenes Zeug«, wie sie es nannte, pflegte sie zu skizzieren, um diese Entwürfe irgendwann zur geistigen Entspannung auszuarbeiten. Ein erster Sammelband mit acht Erzählungen und vier Zeichnungen von Vanessa, Virginias Schwester, erschien 1921 (›Monday or Tuesday‹). Kurz vor ihrem Tod plante sie einen neuen Band mit sämtlichen bis 1941 geschriebenen Erzählungen. Diesen Plan verwirklichte ihr Mann Leonard Woolf 1943. Die vollständige Ausgabe liegt nun erstmals als Taschenbuch vor.

In den Erzählungen zeigt sich Virginia Woolfs ganze Meisterschaft, das scheinbar belanglose Detail, »das Zufällige, das Verlorene im Lauf eines Lebens, das die Schnelligkeit des Lebens ausdrückt«, zu benutzen, um im freien Spiel der Assoziationen »weg von der Oberfläche mit ihren harten, getrennten Tatsachen« tiefer und tiefer zu sinken in die Schichten des menschlichen Unbewußten, wo Perspektiven lagern gegen das »unaufhörliche Abnutzen« des Lebens. Virginia, die, schön, vornehm, faszinierend, das Leben liebte, hatte alle Möglichkeiten, die Vielfältigkeit des Lebens auszuschöpfen – Gesellschaften, Reisen, Freundschaften zu den bedeutendsten Frauen und Männern ihrer Zeit. Diese ganze Erlebnisfülle verdichtet sich mehr noch als in ihren Romanen in den knappen Erzählungen. Vom Bild in einem Spiegel, im Fensterglas, in den Augen, von den vibrierenden Farben des Lichts, dem Flackern des Kaminfeuers, dem Fliegen des Reihers, dem Leuchten der Blumen, dem Fleck an der Wand steigt Vergangenheit auf, die fast unendliche Zahl von Erinnerungen unzähliger Menschen. Eine Libelle, eine Schnalle am Schuh, der Kuß einer alten Frau, ein Gedanke an die Urwälder Uruguays – vergangene Augenblicke aus dem Strom des Lebens, die in ihrer Wiedererweckung die Zeit aufheben und dem Vergessen begegnen.

Die Autorin

Virginia Woolf wurde am 25. 1. 1882 als Tochter des Biographen und Literaten Sir Leslie Stephen in London geboren. Bereits mit 22 Jahren bildete sie gemeinsam mit ihrem Bruder den Mittelpunkt der intellektuellen ›Bloomsbury Group‹. Zusammen mit ihrem Mann, dem Kritker Leonard Woolf, gründete sie 1917 den Verlag ›The Hogarth Press‹. Ihre Romane, die zur Weltliteratur gehören, stellen sie als Schriftstellerin neben James Joyce und Marcel Proust. Schon sehr früh engagierte sie sich für die Frauenbewegung und gemeinsam mit ihrem Mann für die sozialistischen Bestrebungen der Labour Party. Am 28. 3. 1941 schied sie freiwillig aus dem Leben. Weitere Werke im Fischer Taschenbuch Verlag: ›Orlando‹ (Bd. 1981), ›Mrs. Dalloway‹ (Bd. 1982), ›Zwischen den Akten‹ (Bd. 1983), ›Die Fahrt zum Leuchtturm‹ (Bd. 2119), ›Die Jahre‹ (Bd. 2120), ›Die Wellen‹ (Bd. 2121); ›Porträt einer ungewöhnlichen Ehe: Virginia und Leonard Woolf‹, hrsg. v. George Spater/Jan Parsons (Bd. 2221).

VIRGINIA WOOLF

DIE DAME IM SPIEGEL

und andere Erzählungen

FISCHER TASCHENBUCH VERLAG

Diese Erzählungen wurden dem Band
›Die Erzählungen und Flush‹ entnommen.
Die Originalausgabe erschien 1943 unter dem Titel
›A Haunted House and Other Short Stories‹
im Verlag The Hogarth Press, London
Übersetzung von Herberth und Marlys Herlitschka

Fischer Taschenbuch Verlag
1.–15. Tausend Juni 1978
16.–22. Tausend Mai 1979
23.–30. Tausend Mai 1980
Ungekürzte Ausgabe
Umschlagentwurf: Jan Buchholz/Reni Hinsch
Fischer Taschenbuch Verlag GmbH, Frankfurt am Main
Lizenzausgabe mit freundlicher Genehmigung des
S. Fischer Verlages GmbH, Frankfurt am Main

Gesamtherstellung: Hanseatische Druckanstalt GmbH, Hamburg
Printed in Germany
580-ISBN-3-596-21984-1

INHALT

VORWORT

Monday or Tuesday, der einzige Band Erzählungen Virginia Woolfs, der zu ihren Lebzeiten erschien, wurde vor 22 Jahren, 1921, veröffentlicht. Er ist seit Jahren vergriffen. Während ihres ganzen Lebens schrieb Virginia Woolf von Zeit zu Zeit solche Kurzgeschichten. Es war ihre Gewohnheit, sobald sie einen Einfall für eine hatte, ihn in sehr roher Form zu skizzieren und dann in eine Lade wegzulegen. Später, wenn der Schriftleiter einer Zeitschrift sie um eine kurze Erzählung bat und sie sich dazu aufgelegt fühlte, eine zu schreiben (was nicht oft der Fall war), nahm sie gewöhnlich eine solche Skizze aus der Lade und arbeitete sie, manchmal wieder und wieder, um. Oder wenn sie, wie das nicht selten vorkam, während sie an einem Roman schrieb, fühlte, daß sie sich geistig ausruhen müsse, indem sie eine Weile an etwas anderm arbeitete, schrieb sie entweder einen kritischen Essay oder führte einen jener Entwürfe zu Kurzgeschichten aus.

Einige Zeit vor ihrem Tod hatten wir oft die Möglichkeit einer neuen Ausgabe von *Montag oder Dienstag* oder der Veröffentlichung eines neuen Bands gesammelter Erzählungen besprochen. Schließlich, 1940, entschied sie sich dann dafür, einen solchen neuen Band zusammenzustellen und die meisten der Erzählungen darin aufzunehmen, die ursprünglich in *Montag oder Dienstag* erschienen waren, und ebenso einige später in Zeitschriften erschienene und einige noch unveröffentlichte. Wir dachten uns, daß sie für 1941 einen Band kritischer Essays und für 1942 den Band Erzählungen fertigstellen würde.

Mit dem vorliegenden Band versuche ich, ihre Absicht auszuführen. Ich habe darin sechs von den acht Erzählungen oder Skizzen, die ursprünglich in *Montag oder Dienstag* erschienen, aufgenommen. Die zwei, die ich wegließ, sind *A Society* und *Blue and Green*; ich weiß, daß sie beschlossen hatte, die erste nicht aufzunehmen, und ich bin so gut wie sicher, daß sie die zweite nicht aufgenommen hätte. Nach diesen lasse ich sechs Erzählungen folgen, die zwischen 1922 und 1941 in Zeitschriften erschienen; es sind dies: *Das neue Kleid*, *Die Jagdgesellschaft*, *Lappin und Lapinowa*, *Feste Gegenstände*, *Die Dame im Spiegel*, *Der Juwelier und die Herzogin*. Die Zeitschriften, in denen sie erschienen, waren: *The Forum*, *Harper's Bazaar*, *The Athenaeum* und *Harper's Monthly Magazine*. Zum Schluß habe ich sechs noch unveröffentlichte Erzählungen aufgenommen. (Es ist möglich, daß eine von diesen, *Augenblicke des Seins*, veröffentlicht wurde. Soviel ich mich erinnere, geschah das, aber es ist keine Aufzeichnung darüber vorhanden, und ich habe sie nach einer maschinegeschriebenen Fassung abgedruckt.) Nur mit einigem Zögern habe ich sie aufgenommen. Keine davon, außer *Augenblicke des Seins* und *Der Scheinwerfer*, ist von ihr endgültig durchgesehen worden, und sie hätte gewiß noch recht viel an ihnen gearbeitet, bevor sie sie veröffentlicht hätte. Mindestens vier von ihnen sind grade nur in dem Zustand, der auf ihre erste Skizzierung folgte.

Leonard Woolf

1943

DIE ERZÄHLUNGEN

Ein Geisterhaus

Um welche Stunde man auch aufwachte, schloß sich eine Tür. Von Zimmer zu Zimmer gingen sie, Hand in Hand, lüpften da, öffneten dort etwas, vergewisserten sich – ein geisterhaftes Paar.

»Hier haben wir's gelassen«, sagte sie. Und er fügte hinzu: »Oh, aber auch hier!« »Es ist oben«, murmelte sie. »Und im Garten«, flüsterte er. »Leise«, sagten die beiden, »oder wir werden sie aufwecken.«

Aber es war nicht so, daß ihr uns aufwecktet. O nein. »Sie suchen danach; sie ziehen den Vorhang beiseite«, sagte man sich etwa und las also weiter, eine Seite oder zwei. »Jetzt haben sie's gefunden«, dessen war man dann gewiß und hielt mit dem Bleistift auf dem Seitenrand inne. Und des Lesens überdrüssig stand man vielleicht auf, um selber nachzusehen, und da war niemand im Haus, die Türen standen offen, die Wildtauben nur sprudelten Zufriedenheit, und vom Gutshof her klang das Surren der Dreschmaschine. »Weshalb nur kam ich hier herein? Was wollte ich denn finden?« Meine Hände waren leer. »Dann ist's vielleicht oben?« Oben, auf dem Speicher, waren die Äpfel. Also wieder hinunter, und der Garten so still wie immer; nur das Buch ins Gras geglitten.

Doch sie hatten es im Wohnzimmer gefunden. Freilich bekam man sie nie zu sehen. Die Fensterscheiben spiegelten Äpfel, spiegelten Rosen; in dem Glas waren alle Blätter grün. Falls sie sich im Wohnzimmer umherbewegten – zu sehen war bloß der gelbwangige Apfel. Und doch, im nächsten Augenblick, sobald man die Tür öffnete, da breitete sich über den Boden, hing an den Wänden, schwang von der Zimmerdecke – was? Meine Hände waren leer. Der Schatten einer Drossel glitt über den Teppich; aus den tiefsten Brunnen der Stille holte die Wildtaube ihren Sprudel von Tönen. »Geborgen, geborgen, geborgen«, pochte leise der Puls des Hauses. »Der Schatz vergraben; das Zimmer ...« Der Pulsschlag stockte jäh. Oh, war das der vergrabene Schatz?

Einen Augenblick später war das Licht verblaßt. Draußen im Garten also? Die Bäume aber spannen Dunkelheit um einen wandernden Sonnenstrahl. So zart, so erlesen, kühl unter die Oberfläche gesunken, brannte der Strahl, nach dem ich suchte, immer hinter dem Fensterglas. Der Tod war das Glas; der Tod war zwischen uns; war zuerst zu der Frau gekommen, vor Hunderten von Jahren; hatte das Haus so gelassen, alle Fenster dicht verschlossen, die Zimmer verdunkelt. Der Mann verließ es, ging in den Norden, ging in den Osten, sah am südlichen Himmel die Sterne kreisen; strebte zurück zu dem Haus, fand es hier an den Fuß der Hügel hingesunken. »Geborgen, geborgen, geborgen«, schlug freudig der Puls des Hauses. »Dein der Schatz!«

Der Wind braust durch die Allee. Die Bäume biegen sich und beugen sich, hierhin und dorthin. Mondstrahlen planschen und spritzen wild im Regen. Doch der Strahl der Lampe fällt geradeaus aus dem Fenster. Die Kerze brennt steif und still. Das Haus durchstreifend, die Fenster öffnend, flüsternd, um uns nicht zu wecken, sucht das geisterhafte Paar nach seiner Glückseligkeit.

»Hier schliefen wir«, sagt sie. Und er fügt hinzu: »Küsse – Küsse ohne Zahl.« »Des Morgens aufzuwachen ...« »Silber zwischen den Bäumen ...« »Oben im Haus ...« »Im Garten ...« »Wenn der Sommer kam ...« »Im Winter, wenn es schneite ...« Die Türen schließen sich, eine nach der andern, in der Ferne, schlagen sacht wie das Pochen eines Herzens.

Näher kommen sie; bleiben in der Tür stehn. Der Wind

wird schwächer, der Regen läßt Silber an den Scheiben herabgleiten. Unsre Augen verdunkeln sich; wir hören keine Schritte neben uns; wir sehen keine Dame ihren Geistermantel breiten. Seine Hand schirmt die Laterne. »Sieh nur«, haucht er, »fest eingeschlafen; Liebe auf den Lippen der beiden.«

Gebeugt, ihre silberne Lampe über uns haltend, blicken sie lange und tief. Lange bleiben sie so. Der Wind fährt geradeaus einher; die Flamme duckt sich ein wenig. Schweifende Strahlen von Mondlicht gleiten über Fußboden und Wand und färben, ihnen begegnend, die geneigten Gesichter, die Gesichter, die die Schlafenden forschend betrachten und nach ihrer geheimen Glückseligkeit suchen.

»Geborgen, geborgen, geborgen«, schlägt stolz das Herz des Hauses. »Nach langen Jahren ...« seufzt er. »Wieder hast du mich gefunden. Hier«, murmelt sie, »wenn ich schlief; im Garten, wenn ich ein Buch las; lachend Äpfel auf den Speicher schüttete. Hier ließen wir unsern Schatz ...« Sie beugen sich herab, und ihr Licht hebt mir die Lider von den Augen. »Geborgen, geborgen, geborgen,« schlägt ungestüm der Puls des Hauses. Erwachend rufe ich aus: »Oh, ist das *euer* vergrabener Schatz? – Das Licht im Herzen.«

Montag oder Dienstag

Träg und unbekümmert, mühelos Raum von den Schwingen schüttelnd, fliegt der Reiher, seinen Weg kennend, unter dem Himmel über die Kirche hin. Weiß und fern, in sich vertieft, bedeckt und entblößt sich der Himmel unaufhörlich, verschiebt sich und verbleibt. Ein See? Weggewischt seine Ufer. Ein Berg? Oh, wunderschön – Sonnengold auf seinen Abhängen. Schon zerfallen. Farne also oder weiße Federn, in alle Ewigkeit –

Nach Wahrheit verlangend, sie erwartend, mühselig ein paar Worte destillierend, immerzu nach ihr verlangend – (Geschrei ertönt zur Linken, ertönt zur Rechten. Räderrollen nach allen Richtungen. Omnibusse verkeilen sich im Widerstreit) – immerzu verlangend (die Uhr beteuert mit zwölf deutlichen Schlägen, daß es Mittag ist; Licht streut goldene Schuppen; Kinder wimmeln) – immerzu nach Wahrheit verlangend. Rot ist die Kuppel; Münzen hängen an den Bäumen; Rauch schlängelt sich aus den Schornsteinen; Gebell, Geschrei, Rufe: »Altes Eisen zu verkaufen?« – und die Wahrheit?

Auf einen Mittelpunkt gerichtete Männerschuhe und Frauenschuhe, schwarze und goldinkrustierte. – (Dieses nebelige Wetter – Zucker? Nein, danke sehr – Die Nationengemeinschaft der Zukunft) – das Flackern des Kaminfeuers rötet das Zimmer, bis auf die schwarzen Gestalten und ihre glänzenden Augen, während draußen ein Lieferwagen abladet, Miss Dingsda an ihrem Schreibmaschinetischchen Tee trinkt und Spiegelscheiben Pelzmäntel behüten –

Flattern gelassen, blätterleicht, an Ecken dahintreibend,

vor die Räder geweht, silbergefleckt, heimwärts oder nicht heimwärts, versammelt, verstreut, verschwendet in einzelnen Schuppen, hinaufgewirbelt, hinabgewirbelt, zerrissen, gesunken, zusammengefügt – und die Wahrheit?

Nun sich zu erinnern, am Kamin, auf dem weißen Viereck von Marmor. Aus Elfenbeintiefen aufsteigend werfen Worte ihre Schwärze ab, erblühen und dringen ein. Das Buch aus der Hand gefallen; in der Flamme, im Rauch, in den augenblicklangen Funken – oder nun fernhin reisend, das Marmorviereck schwebend, Minarette unten und der Indische Ozean, während Raum blau entgegeneilt und Sterne glitzern – die Wahrheit? Oder nun, zufrieden mit Nahem?

Träg und unbekümmert kommt der Reiher zurückgeflogen; der Himmel verschleiert seine Sterne; enthüllt sie dann.

Ein ungeschriebener Roman

Eine so unglückliche Miene genügte schon allein, daß man die Augen über den Zeitungsrand zu dem Gesicht der bedauernswerten Frau hingleiten ließ – einem ohne diesen Ausdruck nichtssagenden Gesicht, mit ihm jedoch fast einem Sinnbild menschlichen Geschicks. Das Leben ist, was du in den Augen der Leute siehst; das Leben ist, was es sie lehrt und was sie zwar, nachdem sie es gelernt haben, zu verbergen trachten, was zu wissen sie aber nie aufhören. Was? Daß das Leben eben so ist, so scheint's. Fünf Gesichter gegenüber – fünf gereifte Gesichter – und das Wissen in einem jeden. Sonderbar allerdings, wie die Leute das zu verbergen trachten! Kennzeichen von Verschwiegenheit sind in allen diesen Gesichtern: die Lippen geschlossen, die Augen abgeschirmt, tut ein jedes der fünf etwas, um sein Wissen zu verbergen oder zu entkräften. Eins raucht; ein andres liest; ein drittes überprüft Eintragungen in einem Notizbuch; ein viertes starrt auf die gerahmte Streckenkarte ihm gegenüber; und das fünfte – das Schreckliche an diesem fünften ist, daß es gar nichts tut. Es betrachtet das Leben. Ah, aber meine arme, unglückliche Frau, Sie müssen mitspielen – verbergen Sie es doch auch, um unser aller willen!

Als hätte sie mich gehört, sah sie auf, rückte ein wenig auf ihrem Platz und seufzte. Sie schien um Entschuldigung zu bitten und gleichzeitig zu mir zu sagen: »Wenn Sie bloß wüßten!« Dann betrachtete sie wieder das Leben. »Aber ich weiß ja«, erwiderte ich stumm und blickte anstandshalber in die *Times*. »Ich weiß es alles. ›Der Friede zwischen Deutschland und den Alliierten wurde gestern in Paris offiziell eingeleitet – Signor Nitti, der italienische Premierminister – ein Personenzug stieß gestern in Doncaster mit einem Güterzug zusammen . . .‹ Wir alle wissen's – die *Times* wissen's – aber wir tun so, als wüßten wir's nicht.« Meine Augen waren wieder über den Rand der Zeitung geschlichen. Sie erschauerte, zuckte sonderbar mit dem Arm bis zur Mitte ihres Rückens und schüttelte den Kopf. Abermals tauchte ich in mein großes Vorratsbecken von Leben. »Nehmen Sie, was Sie wollen«, setzte ich fort, »Geburten, Todesfälle, Eheschließungen, Hofnachrichten, die Gewohnheiten der Vögel, Leonardo da Vinci, den Sandhills-Mord, hohe Löhne und die Lebenshaltungskosten – ach, nehmen Sie, was Sie wollen«, wiederholte ich, »es steht alles in den *Times!*« Abermals bewegte sie, unendlich überdrüssig, den Kopf von einer Seite zur andern, bis er, gleich einem ermatteten Kreisel, auf ihrem Hals zur Ruhe kam.

Die *Times* waren kein Schutz gegen solchen Kummer wie den ihren. Aber die Anwesenheit andrer ließ keine Mitteilsamkeit aufkommen. Das Beste, was man gegen das Leben tun konnte, war, die Zeitung so zusammenzufalten, daß sie ein vollkommenes Quadrat bildete, ein steifes, dickes, sogar für das Leben undurchdringliches. Dies getan, blickte ich, nun mit einem eignen Schild bewaffnet, schnell auf. Sie durchdrang meinen Schild; sie sah mir in die Augen, als suchte sie in ihnen auch noch den geringsten Bodensatz von Mut und dämpfte ihn zu Lehm. Ihr Zucken allein verneinte schon jede Hoffnung, vernichtete jede Illusion.

So ratterten wir durch Surrey und über die Grenze nach Sussex hinein. Aber die Augen aufs Leben gerichtet, hatte ich nicht bemerkt, daß die andern Mitreisenden einer nach dem andern ausgestiegen waren, bis wir, ausgenommen den Mann, der las, miteinander allein waren. Soeben kamen wir nach Three Bridges. Langsam fuhren wir den Bahnsteig entlang und hielten. Würde er uns allein lassen oder nicht? Ich wünschte mir beides – zuletzt, daß er bleibe. In diesem Augenblick raffte er sich auf, knitterte die Zeitung verachtungsvoll zusammen wie etwas Abgetanes, stieß die Tür auf und ließ uns allein.

Die unglückliche Frau neigte sich ein wenig vor, und matt und farblos sprach sie mich an – redete von Bahnhöfen und Ferien, von Brüdern in Eastbourne und der Jahreszeit, die, ich habe es nun vergessen, vorgeschritten oder zurückgeblieben war. Aber als sie schließlich aus dem Fenster blickte und, das wußte ich, nichts als das Leben sah, seufzte sie: »Wegzusein – das ist der Nachteil davon –« Ah, nun näherten wir uns der Katastrophe! »Meine Schwägerin« – die Bitterkeit ihres Tons war wie Zitrone auf kaltem Stahl, und nicht mit mir, sondern mit sich selbst redend, murmelte sie: »Unsinn, würde die sagen – das sagen sie nämlich«, und währenddessen rückte sie unruhig hin und her, als wäre die Haut auf ihrem Rücken wie die eines gerupften Huhns im Schaufenster einer Geflügelhandlung.

»Oh, diese Kuh!« unterbrach sie sich nervös, als hätte die große, holzsteife Kuh auf der Wiese sie entsetzt und so vor einer indiskreten Bemerkung bewahrt. Dann erschauerte sie, und dann machte sie wieder diese unbeholfene eckige Bewegung, die ich vorhin bemerkt hatte, als brennte oder juckte sie nach dem krampfhaften Erschauern eine Stelle zwischen den Schulterblättern. Dann sah sie abermals aus wie die unglücklichste Frau auf Erden, und wieder machte ich ihr Vorwürfe, obzwar nicht mit der gleichen Überzeugung, denn wenn es einen Grund gab, und ich denselben wüßte, wäre dem Leben das Stigma genommen.

»Schwägerinnen –« sagte ich.

Ihre Lippen kräuselten sich, als wollte sie Gift auf das Wort spucken. Und gekräuselt blieben sie. Aber sie tat weiter nichts, als ihren Handschuh zu nehmen und energisch eine Stelle der Fensterscheibe zu reiben. Sie rieb, als wollte sie etwas für immer wegreiben – einen Fleck, eine untilgbare Beschmutzung. Tatsächlich verblieb der Fleck trotz all ihrem Reiben, und sie sank zurück, mit diesem Erschauern und dem Zucken des Arms, die zu erwarten ich schon gewohnt war. Etwas trieb mich, meinen Handschuh zu nehmen und mein Fenster zu reiben. Auch hier war ein kleiner Fleck auf der Glasscheibe. Trotz all meinem Reiben verblieb er. Und dann durchfuhr dieses krampfhafte Erschauern mich; ich bog den Arm nach hinten und zupfte mich mitten am Rücken. Auch meine Haut gab mir das Gefühl der Haut des feuchtkalten Huhns im Schaufenster der Geflügelhandlung; eine Stelle zwischen den Schultern juckte und irritierte mich, gleichsam klamm und wund. Konnte ich die erreichen? Verstohlen versuchte ich's. Sie sah mich. Ein unendlich ironisches, unendlich kummervolles Lächeln huschte über ihr Gesicht und verschwand. Doch sie hatte sich mitgeteilt, ihr Geheimnis jemand mitgeteilt, ihr Gift weitergegeben; sie würde nichts mehr sagen. In meine Ecke zurückgelehnt, die Augen vor ihren Augen schirmend, nur die Hänge und Mulden sehend, das Grau und Violett der winterlichen Landschaft, las ich ihre Mitteilung, entzifferte ich ihr Geheimnis, las es hinter ihrem Blick.

Hilda heißt die Schwägerin. Hilda? Hilda? Hilda Marsh – Hilda, die blühende, die vollbusige, hausmütterliche. Hilda steht in der Haustür, als der Wagen vorfährt, hält ein Geldstück in der Hand. Arme Minnie, mehr denn je wie eine Heuschrecke – derselbe alte Mantel wie letztes Jahr. Tja, aber mit zwei Kindern kann man heutzutage leider nicht mehr tun. »Laß nur, Minnie, ich hab's schon bereit. Hier, hier haben Sie! Nein, Kutscher, damit dürfen Sie mir nicht kommen … Hinein mit dir, Minnie! Oh, ich könnt' auch noch dich selbst tragen, nicht nur deinen Reisekorb!« Und so gehn sie ins Eßzimmer. »Tante Minnie, Kinder!«

Langsam senken sich Messer und Gabel aus der Vertikalen. Runter rutschen sie von den Sesseln (Bob und Barbara), strecken steif die Hand hin; wieder zurück auf ihren Sesseln, glotzen sie weiteressend zwischen jedem Bissen.

Aber das wollen wir überspringen; Nippes, Vorhänge, kleeblattförmiger Porzellanteller, gelbe längliche Käsestücke, weiße Keksvierecke – Überspringen! Oh, aber warte! Mitten während des Essens wieder ein solches Erschauern; Bob starrt sie an, den Löffel im Mund. »Iß deinen Pudding auf, Bob!« Aber Hilda mißbilligt's: Warum denn dieses Zucken? Überspringen! Überspringen, bis wir auf dem obern Treppenabsatz sind. Messingeingefaßte Stufen; abgetretenes Linoleum; o ja! Enges Schlafzimmer mit dem Blick auf die Dächer von Eastbourne – auf und nieder zackende Dächer gleich den Rücken von Raupen, hierhin, dorthin, rot und gelb gestreifte, mit blauschwarzem Schiefer belegte.

So, Minnie, die Tür ist geschlossen; Hilda geht schwerfällig ins Tiefgeschoß, in die Küche hinunter; du öffnest die Riemen deines Reisekorbs, legst ein dürftiges Nachthemd aufs Bett, stellst fellbesetzte Filzpantoffel nebeneinander davor. Der Spiegel hier – nein, du meidest den Spiegel. Methodisches Beiseitetun von Hutnadeln. Vielleicht ist in dem Muscheldöschen etwas drin? Du schüttelst es; es ist der Perlhemdknopf, der schon letztes Jahr drin war, – sonst nichts. Und dann das Aufschnupfen, das Aufseufzen, das Sich-ans-Fenster-Setzen. Drei Uhr, an einem Dezembernachmittag; Nieselregen! Ein Licht unten, unterm Glasdach eines Schnittwarengeschäfts, ein andres hoch oben in der Schlafkammer eines Dienstmädchens – dieses erlischt. So bleibt ihr nichts zum Betrachten. Ein Augenblick der Leere – dann, woran denkst du? (Ich muß sie mir ansehen, wie sie mir hier gegenübersitzt; sie schläft, oder stellt sich so; woran also würde sie denken, dort auf dem Stuhl am Fenster um drei Uhr nachmittag? Gesundheit, Geld, Berge, ihren Gott?) Ja, ganz auf der Stuhlkante sitzend und über die Dächer von Eastbourne blickend, betet Minnie Marsh zu Gott. Das ist alles ganz schön; und vielleicht auch reibt sie die Fensterscheibe, wie um Gott besser zu sehen; aber welchen Gott sieht sie? Welches ist der Gott von Minnie Marsh, der Gott der Hintergassen von Eastbourne, der Gott von drei Uhr nachmittag? Auch ich sehe Dächer, ich sehe Himmel; aber, du meine Güte – dieses Sehen eines Gottes! Mehr wie Präsident Krüger als wie Prinz Albert – das ist das Beste, was ich für ihn tun kann; und ich sehe ihn auf einem Stuhl, in einem schwarzen Gehrock, und gar nicht einmal so sehr hoch oben; ich bringe auch eine Wolke oder zwei als Sitz für ihn auf; und seine in den Wolken schwebende Hand hält eine Rute, oder ist's ein Knüppel? – schwarz, dick, dornig – ein brutaler alter Tyrann – Minnies Gott! Hat er den Fleck gesandt und das Jucken und das Zucken? Betet sie deshalb? Was sie da auf der Fensterscheibe reibt, ist der Makel der Sünde. Oh, sie hat irgendein Verbrechen begangen!

Ich habe die Wahl unter Verbrechen. Die Wälder flitzen und fliegen vorüber – im Sommer gibt es da Glockenblumen; in der Lichtung dort, wenn es Frühling wird, Primeln. Ein Abschied – war es das? – vor zwanzig Jahren. Gebrochene Schwüre? Nicht die ihren! ... Sie war treu. Wie sie ihre Mutter gepflegt hatte! Alle ihre Ersparnisse auf den Grabstein verwendet – Kränze unter Glas – Narzissen in Vasen. Aber ich bin auf der falschen Fährte. Ein Verbrechen ... Sie behielt ihren Kummer für sich, unterdrückte ihr Geheimnis – ihre Libido, würden sie sagen – die Wissenschaftler. Aber was für ein Geflunker, *ihr* Sexualtrieb aufzulasten! Nein – eher so: Durch die Straßen von Croydon gehend, vor zwanzig Jahren, fühlt sie ihren Blick von den violetten Bändergirlanden im lichtfunkelnden Schaufenster einer Textilienhandlung gefangen. Sie verweilt sich – schon sechs vorbei. Aber wenn sie sich beeilt, kann sie noch rechtzeitig zu Hause sein. Sie drängt sich durch die gläserne Schwingtür. Es ist die Saison der Ausverkäufe. Seichte Tröge quellen über von Bändern. Sie hält inne, zupft dieses hier hervor, befingert das mit den aufgesetzten Röschen da – sie braucht nicht zu wählen, sie braucht nicht zu kaufen, und jeder Trog hat seine Überraschungen. »Wir schließen nicht vor sieben«, und dann *ist* es sieben. Sie eilt, sie läuft heim, sie kommt hin, aber zu spät. Nachbarn – der Arzt – ihr kleiner Bruder – der Teekessel – verbrüht – Krankenhaus – tot – oder nur der Schock, die Selbstvorwürfe? Ach, die Einzelheiten tun nichts zur Sache! Sondern das, was sie mit sich herumträgt; der Makel, das Verbrochene, das zu Sühnende, immer gegenwärtig dort zwischen ihren Schulterblättern. »Ja«, scheint sie mir zuzunicken, »das, was ich getan habe.«

Ob du's getan hast oder *was* du getan hast, das ist mir gleich; nicht das Was ist's, was ich brauche. Das Schaufenster von violetten Bändern durchschlungen, das genügt: ein bißchen billig, vielleicht, ein bißchen gemeinplätzig – da man doch die Wahl unter Verbrechen hat, jedoch so viele (ich muß wieder hinüberlugen – schläft noch immer, oder tut so! Blaß, verbraucht, der Mund geschlossen – eine Spur von Störrigkeit, mehr als man meinen würde – kein Anzeichen von etwas Sexuellem) – so viele Verbrechen sind nicht das *deine*; deins war ein banales, nur die Vergeltung feierlich; denn nun öffnet sich die Kirchentür, die harte Holzbank nimmt sie auf; sie kniet hin auf die braunen Fliesen; jeden Tag, Winter und Sommer, abends, frühmorgens (soeben wieder) betet sie. Alle ihre Sünden fallen auf sie, fallen, fallen ewiglich. Die Stelle, der Fleck fängt die auf. Eine Schwellung, gerötet, brennend. Dann zuckt der Arm. Kleine Jungen weisen auf sie. – »Bob – heute mittag.« – Aber ältere Frauen sind die ärgsten.

Wahrhaftig, jetzt kannst du nicht länger dasitzen und beten. Ohm Krüger ist hinter die Wolken gesunken – übertüncht, wie vom Pinsel eines Malers, mit flüssigem Grau, dem er eine Spur Schwarz hinzufügt, – sogar das Ende des Knüppels nun verschwunden. Das ist's, was jedesmal geschieht: Kaum hast du ihn gesehen, ihn gefühlt, kommt jemand dazwischen. Hilda diesmal.

Wie du sie haßt! Sie verschließt nachtsüber sogar die Badezimmertür, obwohl es bloß kaltes Wasser ist, was du brauchst, denn manchmal, wenn es eine schlimme Nacht ist, hilft es, so scheint's, sich kalt zu waschen. Und beim Frühstück John – die Kinder – die Mahlzeiten sind das Ärgste; und manchmal sind Bekannte da – der Zimmerfarn in der Mitte verbirgt die nicht ganz – und die ahnen überdies. Also gehst du aus, die Strandpromenade entlang – wo die Wellen sich grau brechen und Papier umherwirbelt und die verglasten Schutzhäuschen grün und zugig sind und die Stuhlmiete zwei Pence kostet – zu viel – denn dort auf dem Sand finden sich immer Prediger ein. Ah, aber hier ist ein Neger – und dort ein Clown – und dort ist ein Mann mit Wellensittichen – arme kleine Dinger! Gibt es hier niemand, der an Gott denkt? – gleich dort oben, über dem Pier, mit seiner Rute – aber nein – es ist nichts als Grau am Himmel zu sehen, oder, wenn er blau ist, verbergen ihn die weißen Wolken, und die Musik – es ist Militärmusik – und wonach fischen die dort? Fangen sie etwas? Wie die Kinder glotzen! Na, dann also nachhause, hinten herum – »Nachhause, hinten herum!« Die Worte haben eine Bedeutung; der alte Mann mit Backenbart hätte sie sagen können – nein, nein, er sagte nicht wirklich etwas; doch alles hat Bedeutung – Plakattafeln, an Ladentüren gelehnt – Namensschilder über Schaufenstern – Körbe voll roten Obsts – Frauenköpfe im Friseurfenster – alles sagt: »Minnie Marsh!« Aber da auf einmal – ein Ruck. »Eier jetzt billiger!« So geht es mir immer. Ich steuerte sie über den Wasserfall, gradeswegs dem Wahnsinn entgegen, da wendet sie sich, gleich einer Herde Traumschafe, in die andre Richtung und läuft mir durch die Finger. Eier jetzt billiger. Für die ans irdische Gestade gepflockte arme Minnie Marsh also nichts von Verbrechen, Kummer, Verzückungen oder Wahnideen. Nie verspätet zum Mittagessen; nie von einem Gewitter überrascht ohne ihren Regenmantel; nie der Billigkeit von Eiern völlig unbewußt. So kommt sie nachhause – putzt sich die Schuhsohlen ab.

Hab' ich dich richtig gelesen? Doch das Menschengesicht – das Gesicht eines Menschen über dem obern Rand auch der dichtest bedruckten Seite enthält mehr, vorenthält mehr. Nun, die Augen offen, sieht sie hervor; und in dem Auge eines Menschen da ist – wie es bezeichnen? – eine Bruchstelle, eine Scheidewand – so daß, sobald du den Stengel anfaßt, der Schmetterling auffliegt – der Falter, der abends über der gelben Blume schwebt; beweg dich, heb bloß die Hand – und auf, in die Höhe, davon! Ich werde meine Hand nicht heben.

Also bleibe schwirrend schweben, Leben, Seele, Geist, was immer du bist von Minnie Marsh, – und auch ich, auf *meiner* Blume – der Habicht über den Hügeln – allein, oder worin bestünde der Wert des Lebens? Aufzusteigen, ruhig zu schweben am Abend, am Mittag; ruhig über den Hügeln zu schweben! Eine winzige Bewegung der Hand – weg und hinauf! dann wieder ruhig in der Schwebe. Allein, ungesehen; alles so still dort unten sehend, alles so lieblich. Niemand dich sehend, niemand sich scherend. Die Augen andrer unsre Kerker; ihre Gedanken unsre Käfige. Luft oberhalb, Luft unterhalb. Und der Mond und Unsterblichkeit...

Oh, aber ich lasse mich auf das Gras fallen! Bist auch du hier unten, du dort in der Ecke, wie heißt du nur, du dort? – Minnie Marsh; irgend so ein Name? Dort sitzt sie, ganz fest auf ihrer Blüte; öffnet ihr Handtäschchen, entnimmt ihm etwas Weißes, Ovales – ein Ei – wer sagte, Eier jetzt billiger? Du oder ich? Oh, du warst's, die's gesagt hat, auf dem Heimweg, erinnerst du dich? – als der alte Herr, der plötzlich seinen Schirm aufspannte – oder niesen mußte, war's das? Egal, Ohm Krüger verschwand, und du gingst »hinten herum heim« und putztest dir an dem Eisen die Schuhe ab. Ja. Und nun breitest du ein Taschentuch über deine Knie, auf das zackige Stückchen Eierschale fallen – Stücke einer Landkarte – eines Zusammensetzspiels. Ich wollte, ich könnte sie zusammenfügen! Wenn du nur stillsitzen würdest! Sie hat die Knie bewegt – die Landkarte ist wieder in Stücken! Hinunter – die Abhänge der Anden hinab, stürzen und kollern die weißen Marmorblöcke und zermalmen einen ganzen Trupp spanischer Maultiertreiber mit ihrem Zug von Lasttieren – die Beute Francis Drakes; Gold und Silber. Um aber zurückzukommen –

Wohin? Worauf? Sie öffnete die Tür und, nachdem sie den Schirm in den Ständer gestellt hatte – das versteht sich von selbst; und, ebenso, das Rüchlein von Rindernem vom Tiefgeschoß herauf; Pünktchen, Pünktchen, Pünktchen. Was ich also nicht ausschalten kann, was ich gesenkten Kopfs, mit geschlossenen Augen, mutig wie ein Bataillon und blindlings wie ein Stier angreifen und auseinandertreiben muß, sind, zweifellos, die Gestalten hinter dem Farnkraut, die Geschäftsreisenden. Dort hab' ich sie die ganze Zeit verborgen gehalten, in der Hoffnung, sie würden irgendwie verschwinden oder, besser noch, auftauchen, wie sie das auch wirklich tun müssen, wenn die Geschichte, wie Geschichten das tun sollen, weiter sich anreichern und an Rundung gewinnen soll, an Schicksalhaftigkeit und Tragik, indem sie zwei, wenn nicht drei Geschäftsreisende und einen ganzen Hain von Aspidistras mit sich dahinrollt. »Die Wedel des Farnkrauts verdecken nur teilweise den Geschäftsreisenden« – Rhododendren würden ihn ganz verdecken, und als Draufgabe würden sie mich meine Passion für Rot und Weiß austoben lassen, wonach ich dürste und darbe; aber Rhododendren in Eastbourne – im Dezember – auf dem Eßtisch der Familie Marsh – nein, nein, das wage ich nicht; es ist alles eine Sache von Eßbesteck und Essig- und Ölständern, Fransen und Farren. Vielleicht wird es später einen Augenblick am Strand geben. Überdies spüre ich, durch das grüne Gitterwerk und über das Glacis geschliffener Gläser her, den angenehm stichelnden Wunsch, den Mann gegenüber zu bespähen und zu bespitzeln – einen von ihnen, das kann ich grade noch bewältigen. James Moggridge, heißt er nicht so? – den die Marshens Jimmy nennen. [Minnie, du mußt versprechen, nicht zu zucken, bis ich das richtig heraus habe.] James Moggridge reist in – sollen wir sagen, in Knöpfen? – aber es ist noch nicht an der Zeit, *die* einzubeziehen – die großen und die kleinen auf den länglichen Kartonblättern, einige wie Pfauenaugen, andre wie mattes Gold; einige rötliches Bergkristall, andre Korallenzweiglein – aber ich sagte schon, es ist noch nicht Zeit. Er reist, und donnerstags, an seinem Tag in Eastbourne, nimmt er die Mahlzeiten bei den Marshens ein. Sein rotes Gesicht, seine kleinen, stetig blickenden Augen – keineswegs durchaus gewöhnlich – sein ungeheurer Appetit (der macht ihn ungefährlich; er wird Minnie nicht ansehen, bis er mit Brot den Bratensaft aufgetunkt hat), Serviettenzipfel in die Weste gesteckt – aber das ist primitiv, und wie immer es auf den Leser wirkt, mir macht es nichts vor. Wir wollen in den

Moggridge-Haushalt ausweichen und den in Gang setzen! Also, die Schuhe der Familie werden sonntags von James selber ausgebessert. Er liest das seriöse Wochenblatt *Truth*. Doch seine Leidenschaft? – Rosen. Und seine Frau, eine einstige Krankenschwester – interessant – um Himmels willen, gönnt mir wenigstens *ein* weibliches Wesen mit einem Namen, der mir gefällt! Aber nein; sie gehört zu den ungeborenen Kindern des Geistes, den unerlaubten, aber dennoch geliebten, wie meine Rhododendren. Wieviele sterben beim Schreiben jedes Romans – die besten, die liebsten – wogegen Moggridge lebt. Das Leben ist schuld. Hier, in diesem Augenblick, mir gegenüber, ißt Minnie ihr Ei, und am andern Ende der Bahnstrecke – sind wir schon an Lewes vorbei? – muß Jimmy sein – warum sonst ihr Zucken?

Moggridge, den muß es geben – daran ist das Leben schuld. Das Leben zwingt seine Gesetze auf; das Leben verstellt den Weg; das Leben ist gleich hinter dem Farnkraut; das Leben ist der Tyrann; oh, aber nicht gewalttätig! Nein, denn ich versichere euch, ich komme bereitwillig, komme angelockt von weiß der Himmel was hinter dem Farnkraut und Eßbesteck, dem bekleckstem, mit Ringen von Flaschenrändern befleckten Tischtuch. Ich komme unwiderstehlich, um mich irgendwo im festen Fleisch, im robusten Rückgrat einzunisten, wo immer ich eindringen oder einen guten Halt an der Person, in der Seele des Mannes Moggridge finden kann. Die ungeheure Festigkeit des Knochengerüsts; das Rückgrat, hart wie Fischbein, gerade wie eine Tanne; die Rippen, diese ausstrahlenden Äste; das Fleisch, straff wie eine Segeltuchblahe; die roten Höhlungen; der Sog und Ausstoß des Herzens; während von oben Gebratenes als braune Würfelchen hereinfällt und Bier einströmt, um zu Blut umgerührt zu werden, – und so gelangen wir zu den Augen. Dort hinter der Aspidistra sehen sie etwas: etwas

Schwarzes, Blasses, Trübseliges; nun wieder den Teller; hinter der Aspidistra sehen sie die ältliche Frau: »Johns Schwester; Hilda, seine Frau, die ist mehr mein Fall«; nun das Tischtuch. »John würde wissen, was mit den Morrisleuten los ist ... Müßte mit ihm darüber sprechen.« Käse auf dem Tisch jetzt; wieder den Teller; halb herumgedreht – die klobigen Finger; nun wieder die andre gegenüber. »Johns Schwester – kein bißchen wie er; armseliges älteres Weibsen ... sollte ihre Hühner füttern ... Herrgott nochmal, was macht sie bloß so zucken? Doch nicht, was *ich* gesagt habe? Ogottogottogott! Diese älteren Frauen. Ogottogott!«

[Ja, Minnie, ich weiß, du hast gezuckt; aber warte einen Augenblick – erst James Moggridge.]

»Ogottogottogott!« Wie schön es klingt! Wie der Schlag eines Schlegels auf abgelagertes Holz, wie das Herzklopfen eines alten Walfischfängers, wenn die Wellenberge sich zusammendrängen und ihr Grün verdunkelt wird. »Ogottogott!« Welch ein Sterbeglöcklein für die Seelen der Ängstlichen, um sie zu beschwichtigen und zu trösten, sie in Linnen zu hüllen, ihnen zu sagen: »Auf Wiedersehen! Viel Glück!« Und dann: »Was beliebt nun?« – denn obgleich Moggridge eine seiner Rosen für sie pflücken würde, so ist das abgetan, vorbei. Also was ist das nächste? »Madam, Sie werden Ihren Zug versäumen«, denn Züge verweilen nicht.

Das ist so die Art und Weise des Mannes; das ist der Klang, der nachhallt; das ist die Paulskathedrale, und das sind die Autobusse. Wir aber streifen die Krümel ab. O Moggridge, du willst nicht bleiben? Du mußt schon aufbrechen? Wirst du durch Eastbourne fahren heute nachmittag, in einem dieser kleinen Wagen? Bist du der Mann, der von grünen Pappschachteln ummauert ist und manchmal so feierlich dasitzt, vor sich hinstarrt wie eine Sphinx, und immer mit etwas wie einer Grabesmiene, etwas von einem Leichenbestatter, von Sarg und von Abenddämmerung um Pferd und Kutscher. Sag mir nur noch – aber die Tür fällt zu. Wir werden einander nie wieder begegnen. Moggridge, fahrwohl!

Ja, ja, ich komme schon. Ganz hinauf, ins oberste Stockwerk. Einen Augenblick will ich verweilen. Wie der Schlamm im Geist rundum schwappt – was für ein Gewirbel diese Ungeheuer hinterlassen, schaukelnde Wasser, schwankende Algen, hier grün, dort schwarz, es dringt hinab auf den sandigen Grund, bis nach und nach die Atome sich wieder zusammenfügen, das Sediment sich setzt und man wieder mit den Augen alles klar und still sieht und einem ein Gebet für die Dahingegangenen auf die Lippen kommt, irgendwelche Obsequien für die Seelen derjenigen, denen man zunickt, der Leute, denen man nie wieder begegnet.

James Moggridge ist nun tot, für immer dahin. Also, Minnie – »Ich kann's nicht länger ertragen.« Falls sie das sagte – (Muß sie mir wieder ansehen. Sie fegt die Stückchen Eierschale in faltige Tiefen.) Sie sagte es gewiß, an die Wand des Schlafzimmers gelehnt, an den Posamentriebällchen zupfend, die den weinroten Vorhang einfassen. Aber wenn das Selbst zu dem Selbst spricht, wer spricht da? – Die in die Gruft gelegte Seele, der hinein, hinein in die innerste Katakombe getriebene Geist; das Selbst, das den Schleier nahm und der Welt Ade sagte – feig vielleicht und doch irgendwie schön, wie es so mit seiner kleinen Lampe ruhelos in den dunkeln Gängen hin und her huscht. »Ich kann's nicht länger ertragen«, sagt ihr Geist. »Dieser Mann beim Mittagessen – Hilda – die Kinder!« O Himmel, ihr Aufschluchzen! Es ist ihr Geist, der sein Schicksal bejammert, der hin und her getriebene, der auf dem immer kleiner werdenden Teppich seinen Platz behauptet – auf der unsichern Standfläche – den schrumpfenden Fetzchen des ganzen entschwindenden Weltalls – von Liebe, Leben, Glauben, einem Gatten, Kindern, einer, ich weiß nicht was für einer, in der Mädchenzeit erschauten Pracht und Herrlichkeit. »Nicht für mich – nicht für mich!«

Aber dann – die heißen Teekuchen, der fast schon haarlose alte Hund? Glasperlendeckchen, stelle ich mir vor, und der Trost feiner Unterwäsche. Wenn Minnie Marsh überfahren und in die Klinik gebracht würde, wären sogar die Krankenschwestern und Ärzte erstaunt ... Dann ist da auch die Aussicht und, was du in ihr siehst – die Ferne – das Stückchen Blau am Ende der Allee; und schließlich ist der Tee stark, die kleinen Kuchen sind heiß, und der Hund – »Brav in deinen Korb, Benny, und schau, was das Frauchen dir mitgebracht hat!« Und so nimmst du also den Handschuh mit dem durchgewetzten Daumen, und wieder einmal diesem anstürmenden Dämon, dem, was man »in Löchern herumgehn« nennt, trotzend, erneuerst du die Festungswälle, fädelst den grauen Wollfaden ein, fährst mit ihm kreuz und quer.

Fährst mit ihm ein und aus, drunter und drüber, webst ein Gespinst, durch das Gott selbst – scht, denk nicht an Gott! Wie fest die Stiche sind! Du kannst stolz sein auf dein Stopfen. Nichts soll dich stören. Das Licht scheine sanft und lasse die Wolken ein Unterhemdchen des ersten grünen Blatts sehen. Der Sperling setze sich auf den Zweig und schüttle den Regentropfen, der an dem holzigen Knie hängt ... Warum aufblicken? War es ein Laut, ein Gedanke? O Himmel! Wieder bei dem, was du begangen hast, bei der Schaufensterscheibe mit den violetten Bändern? Aber Hilda wird gleich kommen. Schmähliche Demütigungen, oh! Verstopf die Bresche!

Nachdem sie ihren Handschuh ausgebessert hat, legt Minnie Marsh ihn in die Schublade. Sie schließt die Schublade mit Entschiedenheit. Ich erhasche ihr Gesicht im Spiegel. Lippen gespitzt; Kinn hochgereckt. Dann schnürt sie sich die

Schuhe zu. Dann greift sie sich an den Hals. Welche Brosche? Mistelzweig oder Kleeblatt? Und was geschieht? Wenn ich mich nicht sehr irre, schlägt der Puls schneller, der Augenblick naht, die Fäden rasen, der Niagara ist nah. Hier ist die Krise! Der Himmel sei mit dir! Hinunter geht's. Mut, Mut! Zeig dich stark, sei es! Um Gottes willen, zögere jetzt nur nicht da auf der Matte! Hier ist die Tür! Ich bin auf deiner Seite. Rede! Tritt ihr gegenüber, beschäme sie bis in die Seele!

»Oh, Verzeihung! Ja, das ist Eastbourne. Ich werd' ihn Ihnen herunterlangen. Lassen Sie mich's am Griff versuchen!« [Aber, Minnie, obwohl wir den Schein wahren, hab' ich dich doch richtig gelesen – ich bin jetzt auf deiner Seite.]

»Ist das Ihr ganzes Gepäck?«

»Recht schönen Dank auch.«

[Aber warum blickst du umher? Hilda wird nicht auf den Bahnhof kommen, und auch John nicht; und Moggridge fährt jetzt irgendwo am andern Ende von Eastbourne.]

»Ich werde bei meinem Handkoffer warten, Ma'am, das ist am sichersten. Er hat gesagt, er wird mich abholen ... Oh, dort ist er! Das ist mein Sohn.«

Und sie gehn miteinander weg.

Nein, so was ... Aber, Minnie, du wirst doch nicht! Ein fremder junger Mann ... Bleib stehn! Ich werd' ihm sagen – Minnie! – Miss Marsh! – Allerdings, ich weiß nicht ... Es ist etwas Sonderbares an ihrem Mantel, wie er so flattert. Oh, aber es kann nicht wahr sein, es wäre skandalös ... Sieh nur, wie er sich zu ihr beugt, der junge Mann, als sie zur Sperre kommen. Sie zieht ihre Fahrkarte hervor. Was gibt's da zu lachen? Los ziehen sie, die Straße entlang, nebeneinander ... Na, mit meiner Welt ist's aus! Bleibt mir noch ein Fleckchen festen Bodens? Was weiß ich überhaupt? Das ist nicht Minnie. Moggridge, den hat's nie gegeben. Wer bin ich? Das Leben ist kahl wie ein Knochen.

Und dennoch, der letzte Anblick der beiden – wie er vom Randstein hinuntertritt – sie ihm um die Ecke des großen Gebäudes folgt – füllt mich randvoll mit Staunen – überflutet mich von neuem. Geheimnisvolle Gestalten! Mutter und Sohn. Wer seid ihr? Warum geht ihr die Straße entlang? Wo werdet ihr heute nacht schlafen? Und dann, morgen? Oh, wie es wirbelt und wogt – mich von neuem flottmacht! Ich gehe ihnen nach. Leute fahren hierhin und dorthin. Das weiße Licht plätschert und ergießt sich. Spiegelscheiben. Nelken; Chrysanthemen. Efeu in dunkeln Gärten. Milchkarren vor den Türen. Wohin ich auch gehe, geheimnisvolle Gestalten, sehe ich euch, wie ihr um die Ecke biegt, Mütter und Söhne; ihr, ihr, ihr. Ich eile, ich folge. Dies, denke ich mir, muß das Meer sein. Grau ist die Landschaft; fahl wie Asche; die Wasser rauschen und rollen. Wenn ich auf die Knie falle, wenn ich das Ritual vollziehe, die alten Possen, seid ihr es, unbekannte Gestalten, ihr, die ich anbete. Wenn ich die Arme öffne, bist du es, die ich umarme, du, die ich an mich ziehe, – anbetungswürdige Welt!

Das Streichquartett

Hier wären wir also, und wenn du die Augen über den Saal gleiten läßt, wirst du sehen, daß Untergrundzüge und Trams und Omnibusse, nicht wenige Equipagen, sogar, wie ich zu glauben wage, altmodische, mit Braunen bespannte Landauer geschäftig Fäden von einem Ende Londons zum andern gewoben haben. Doch mir steigen Zweifel auf –

Wenn es tatsächlich wahr ist, wie die Leute sagen, daß die Regent Street aufgegraben, der Friedensvertrag unterschrieben und das Wetter für diese Jahreszeit nicht kalt und sogar um einen solchen Mietpreis keine Wohnung zu finden ist und das Schlimmste an der Grippe ihre Nachwirkungen sind; wenn mir einfällt, daß ich vergessen habe, wegen der undichten Stelle in der Speisekammer zu schreiben, und meinen Handschuh im Zug liegen ließ; wenn die Bande des Bluts von mir heischen, mich vorzuneigen und herzlich die Hand zu ergreifen, die vielleicht nur zögernd ausgestreckt wird –

»Sieben Jahre, daß wir einander nicht gesehen haben!«

»Das letzte Mal in Venedig.«

»Und wo wohnst du jetzt?«

»Tja, am späten Nachmittag paßt es mir am besten, obzwar, wenn's nicht zuviel verlangt wäre –«

»Aber ich hab' dich sogleich wiedererkannt!«

»Trotzdem, der Krieg hat doch alles unterbrochen –«

Wenn der Geist von solchen kleinen Pfeilen durchschossen wird – denn das Beisammensein mit Menschen erzwingt das – und, kaum daß einer abgeschnellt ist, schon ein andrer herandringt; wenn das Hitze erzeugt und überdies das elektrische Licht eingeschaltet ist; wenn, etwas gesagt zu haben, in so vielen Fällen die Notwendigkeit hinterläßt, es zu verbessern und abzuändern, und dabei noch Reuegefühle, Freude, Eitelkeiten und Wünsche aufrührt – wenn alles das, was ich da meine, und die Hüte, die Pelzboas, die Fräcke der Herren und die Perlennadeln in den Krawatten an die Oberfläche kommen – welche Möglichkeit besteht da?

Wofür? Es wird mit jeder Minute schwieriger, zu erklären, warum ich trotz alledem hier sitze und glaube, ich kann nun nicht sagen, wofür, oder mich auch nur erinnern, wann es letztesmal geschah.

»Haben Sie die Prozession gesehen?«

»Der König sah aus, als wär' ihm recht kalt.«

»Nein, nein, nein. Aber was war es?«

»Sie hat ein Haus in Malmesbury gekauft.«

»Die Glückliche, eins gefunden zu haben!«

Im Gegenteil, mir scheint es fast sicher, daß sie, wer immer sie sein mag, eine Verdammte ist, da es alles doch nur eine Sache von Mieten und Hüten und Möwen ist, oder es für ein Hundert Menschen zu sein scheint, welche elegant gekleidet, von vier Wänden umschlossen, pelzumhüllt, vollgegessen hier sitzen. Nicht etwa, daß ich mich rühmen könnte, da auch ich träge auf einem vergoldeten Sessel sitze, bloß die Erdschollen über einer verschütteten Erinnerung umwende, wie wir alle das tun, denn wenn ich mich nicht täusche, sind Anzeichen vorhanden, daß wir alle uns etwas ins Gedächtnis zu rufen trachten, alle verstohlen nach etwas suchen. Warum so kribbelig? Warum so ängstlich besorgt, ob das Abendcape richtig sitzt; und die Handschuhe – zuknöpfen oder aufknöpfen? Dann beobachte das ältliche Gesicht dort vor dem dunkeln Gemälde, einen Augenblick zuvor liebenswürdig belebt, nun schweigsam und traurig, wie beschattet. War es der Klang der zweiten Violine, die im Vorraum gestimmt wurde?

Da kommen sie, vier schwarze, Instrumente tragende Gestalten, und setzen sich vor die weißen Vierecke unter das herabflutende Licht; lassen die Spitze des Bogens auf dem Notenpult ruhen; heben ihn mit einer gleichzeitigen Bewegung: halten ihn über dem Instrument in Schwebe, und der erste Geiger, mit einem Blick auf sein Gegenüber, zählt eins, zwei, drei –

Blühe, Frühling, Knospe, brich auf! Der Birnbaum oben auf dem Berg. Springbrunnen sprühen; Tropfen fallen herab. Doch die Wasser der Rhône fließen schnell und tief, eilen unter den Brückenbogen durch und zerren an den schwankenden Wasserpflanzen, spülen Schatten über die silberigen Fische, die getüpfelten Fische, die schnell stromab gerissenen, nun in einen Wirbel hineingeschwemmten, wo – eine schwierige Stelle! – ein Knäuel von Fischen, alle in einem tiefen Tümpel; springende, planschende, scharfe Flossen aneinander scheuernde; und ein solcher Strudel in der Strömung, daß die gelben Kiesel rundum und rundum getrieben werden – dann, befreit, hinabsausen oder sogar irgendwie in bezaubernden Spiralen in die Luft aufsteigen; gekräuselt wie dünne Späne unter einem Hobel hervor; höher und höher ... Wie schön ist Güte in Menschen, die leichten Schritts lächelnd durch die Welt gehn! Auch in fröhlichen alten Fischweibern, unter Mauerbogen hockenden, zotigen alten Weibern; wie tief ihr Lachen ist und wie sie sich schütteln dabei und, wenn sie gehn, hin- und herwackeln, haha, hoho!

»Ein sehr früher Mozart selbstverständlich –«

»Aber die Melodie, wie alle seine Melodien, läßt einen verzweifeln – ich meine, hoffen.«

Was meine ich eigentlich? Das ist das Fatale an der Musik! Ich möchte tanzen, lachen, rosa glasierten, gelb glasierten Kuchen essen, leichten, herben Wein trinken. Oder ein unanständiges Geschichtchen etwa – daran könnte ich Geschmack finden. Je älter man wird, desto mehr behagt einem Unanständigkeit. Ha, ha! Ich lache. Worüber? Du hast doch nichts gesagt, und auch der alte Herr gegenüber nicht ... Aber angenommen ... angenommen, daß – Scht!

Der schwermütige Strom trägt uns weiter. Wenn der Mond durch die hängenden Weidenäste herscheint, sehe ich dein Gesicht, höre ich deine Stimme und höre den Vogel singen, während wir an dunkeln Gebüschen vorbeikommen. Was flüsterst du? Trauer, Trauer. Freude, Freude. Verflochten wie Schilfhalme im Mondlicht. Verflochten, unentwirrbar vermengt, verbunden in Schmerz und verstreut in Trauer – krach!

Das Boot sinkt. Aufstrebend steigen die Figuren höher, nun aber blätterdünn, sich zu einem dunkeln Schemen verjüngend, der mit feuriger Spitze seine zweifache Leidenschaft aus meinem Herzen zieht. Für mich singt er, entsiegelt meinen Kummer, taut mein Mitgefühl auf, überflutet mit Liebe die sonnenlose Welt und schwächt, auch im Verklingen, seine Zärtlichkeit nicht ab, sondern zart und geschickt webt er hin und her, bis in diesem Muster, dieser Vollendung die gespaltenen sich vereinen, aufschweben, schluchzen, zur Ruhe sinken – Trauer und Freude.

Warum dann sich grämen? Begehren – wonach? Unbefriedigt bleiben? Ich sage, alles ist geschlichtet; ja; zur Ruhe gebettet unter einer Decke von Rosenblättern, die fallen, fallen. Ah, aber nun nicht mehr. Nur noch ein einziges Rosenblatt, aus ungeheurer Höhe herabsinkend, einem kleinen Fallschirm gleich, abgeworfen aus einem unsichtbaren Ballon, kreiselt, flattert taumelnd. Es wird uns nicht erreichen.

»Nein, nein. Ich habe nichts gemerkt. Das ist das Fatale an der Musik – diese albernen Träumereien. Die zweite Violine hat zu spät eingesetzt, sagen Sie?«

»Dort ist die alte Mrs. Munro – tastet sich zum Ausgang –

sieht immer schlechter mit jedem Jahr, die Ärmste, – auf diesem glatten Fußboden.«

Erblindendes Alter, grauhäuptige Sphinx ... Dort steht sie auf dem Gehsteig und winkt – und wie gebieterisch! – dem roten Omnibus.

»Was für ein schönes Werk! Was halten Sie von den Spielern! Wa – wa – wa!«

Die Zunge ist bloß ein Klöppel. Die Einfalt selbst. Die Federn auf dem Hut neben mir sind bunt und vergnüglich wie eine Kinderklapper. Das Blatt an der Platane blinkt grün durch den Spalt zwischen den Vorhängen. Sehr seltsam, sehr erregend.

»Wa – wa – wa!« Scht!

Dies ist ein Liebespaar, das über den Rasen wandelt.

»Wenn, schöne Dame, Ihr mir Eure Hand anvertrauen wolltet –«

»Mein Herr, Euch würde ich mein Herz anvertrauen. Übrigens haben wir unsre Körper im Bankettsaal gelassen. Die auf dem Rasen hier sind die Schatten unsrer Seelen.«

»Dann sind dies Umarmungen unsrer Seelen.« Die Zitronenbäumchen nicken zustimmend. Der Schwan stößt vom Ufer ab und gleitet träumerisch in die Mitte der Strömung.

»Um aber weiterzuerzählen. Er ging mir nach, durch den Korridor, und als wir um die Ecke bogen, trat er mir auf den Spitzensaum meines Kleids. Was anders konnte ich tun als auszurufen: ›Oh!‹ und stehnzubleiben, um den Riß zu befingern? Auf das hin er seinen Degen zog, Ausfälle machte, als wollte er etwas totstechen, und rief: ›Toll! Toll! Toll!‹ Worauf ich aufschrie, und der Fürst, der am Erkerfenster saß und in dem großen pergamentenen Buch schrieb, hervorkam, in Samtkäppchen und Pelzpantoffeln, ein Rapier von der Wand riß – ein Geschenk des Königs von Spanien, müßt Ihr wissen – dieweil ich entfloh und mir den Mantel da umwarf, damit er die Verheerungen an meinem Kleid verberge – und auch ... Doch horcht! Die Hörner!«

Der Herr erwidert der Dame so hastig, und sie läuft die Tonleiter bei einem witzigen Austausch von Komplimenten, der nun in einem leidenschaftlichen Aufschluchzen gipfelt, so eilig hinauf, daß die Worte unverständlich sind, wenn auch der Sinn deutlich genug ist – Liebe, Lachen, Flucht, Verfolgung, himmlische Glückseligkeit – alles auf den heitersten Wellchen zärtlicher Koseworte hervorflutend – bis der Schall der silbernen Hörner, anfangs weit entfernt, allmählich immer deutlicher klingt, als begrüßten Seneschalle den anbrechenden Tag oder verkündeten verhängnisvoll die Flucht des Liebespaars ... Grüner Garten, mondbeschienener Teich, Zitronenbäumchen, Liebespaar und Fische, alles zerfließt in dem opalenen Himmel, vor dem, indes sich den Hörnern Trompeten, unterstützt von Klarinos gesellen, weiße, fest auf Marmorsäulen ruhende Bogen aufsteigen ... Trampeln und Trompeten. Klingen und Klirren. Fest gefügt. Mächtig untermauert. Marschieren von Myriaden. Konfusion und Chaos zu Boden gestampft. Aber diese Stadt, nach der wir reisen, ist weder von Stein noch von Marmor; schwebt dort immerwährend; besteht unerschütterlich; auch begrüßt uns kein Gesicht, keine Flagge weht Willkommen. Laß denn alle Hoffnung sinken; verschmachte in der Wüste, meine Freude! Nackt schreite weiter! Kahl sind die Säulen; niemandem günstig; spenden keinen Schatten; eine strenge Pracht.

Also bleibe ich zurück, nicht länger voller Eifer, möchte nur gehn und die Straße finden, die Häuser erkennen, den Gruß der Äpfelfrau erwidern, zu dem Dienstmädchen, das die Tür öffnet, sagen: Eine sternenhelle Nacht.

»Gute Nacht, gute Nacht. Gehn Sie in meiner Richtung?«

»Leider nein, in der entgegengesetzten.«

Im Botanischen Garten

Aus dem ovalen Blumenbeet ragten an die hundert Stengel, die auf halber Höhe herz- oder zungenförmige Blätter ausbreiteten und an der Spitze rote oder blaue oder gelbe Blütenblätter mit erhabenen Farbflecken darauf entfalteten; und aus dem roten, blauen oder gelben Dämmer eines jeden Kelchs sah ein kerzengerader Stab hervor, rauh von goldgelbem Staub und an seinem Ende ein wenig keulenförmig. Die Blütenblätter waren groß genug, um von dem sommerlichen Lüftchen bewegt zu werden, und sobald sie sich regten, glitten die roten, blauen und gelben Lichter übereinander und bemalten das Plätzchen brauner Erde darunter mit einem Fleck von ungemein komplizierter Färbung. Das Licht fiel da auf den glatten, grauen Rücken eines Kiesels und dort auf ein kleines Schneckengehäuse mit seinen braunen, rundumlaufenden Adern oder schwellte, wenn es in einen Regentropfen fiel, die dünne Wandung aus Wasser mit einem so heftigen Rot oder Blau oder Gelb, daß man erwartete, er werde sogleich platzen und verschwunden sein. Statt dessen war der Tropfen eine Sekunde später wieder silbergrau, und das Licht verharrte nun auf dem Fleisch eines Blatts und ließ die verästelte Rippe unter der Oberfläche sichtbar werden, und wieder wanderte es weiter und verbreitete seine Helligkeit in den weiten grünen Räumen unter der Kuppel der herz- und zungenförmigen Blätter. Dann strich das Lüftchen ein wenig kräftiger über das Beet, und alle die Farben wurden in die Luft hinaufgeblinkt, in die Augen der Männer und Frauen, die an einem Julitag im Botanischen Garten von Kew spazierengehn.

Die Gestalten dieser Männer und Frauen kamen an dem Blumenbeet mit einem sonderbar ungleichmäßigen Gang vorbeigezogen, nicht unähnlich dem Gaukeln der weißen und blauen Schmetterlinge, die im Zickzack von Beet zu Beet über den Rasen flogen. Der Mann war, lässig schlendernd, etwa eine Spanne weit der Frau voraus, während sie zielbewußter ausschritt und nur dann und wann den Kopf wendete, um zu sehen, ob die Kinder nicht zu weit zurückblieben. Der Mann war der Frau absichtlich, wenn auch vielleicht unbewußt, immer dieses Stückchen voraus, denn er wollte weiter seine Gedanken verfolgen.

Vor fünfzehn Jahren bin ich mit Lily hierhergekommen, dachte er. Wir saßen irgendwo dort drüben, an einem Teich, und ich bat sie den ganzen heißen Nachmittag lang, mich zu heiraten. Wie die Libelle uns immerzu umkreiste! Wie deutlich ich die Libelle vor mir sehe – und Lilys Schuh mit der viereckigen Silberschnalle vorn. Die ganze Zeit, während ich auf sie einredete, sah ich ihren Schuh, und wenn der sich ungeduldig bewegte, wußte ich ohne aufzublicken, was sie sagen werde: ihr ganzes Wesen schien in ihrem Schuh zu sein. Und meine Liebe, mein Begehren waren in der Libelle. Aus irgendeinem Grund dachte ich: Wenn die Libelle sich jetzt auf dem Blatt dort niederläßt, dem breiten mit der roten Blüte in der Mitte, wenn sie sich auf dem Blatt niederläßt, wird Lily sogleich ja sagen. Doch die Libelle flog rundum und rundum; sie setzte sich nie irgendwo hin, natürlich nicht, zum Glück nicht, sonst ginge ich jetzt nicht mit Eleanor und den Kindern hier spazieren.

»Sag mir, Eleanor, denkst du je an die Vergangenheit?«

»Warum fragst du das, Simon?«

»Weil ich an die Vergangenheit dachte. Ich dachte an Lily, das Mädchen, das ich beinahe geheiratet hätte ... Na, warum schweigst du? Macht es dir etwas, daß ich an die Vergangenheit denke?«

»Weshalb sollte es mir etwas machen, Simon? Denkt man nicht immer an die Vergangenheit in einem Garten, wo Männer und Frauen unter den Bäumen liegen? Sind sie nicht unsre Vergangenheit, alles, was davon übrig bleibt, diese Männer und Frauen, diese Geister dort unter den Bäumen ... von unserm Glück, unsrer Wirklichkeit?«

»Für mich – eine viereckige silberne Schuhschnalle und eine Libelle ...«

»Für mich – ein Kuß. Stell dir sechs kleine Mädchen vor, die – zwanzig Jahre ist's her – am Ufer eines Teichs vor ihren Staffeleien sitzen und die Wasserrosen malen, die ersten rosaroten Wasserrosen, die ich je gesehen hatte. Und plötzlich ein Kuß, hier, auf meinen Nacken. Und den ganzen Nachmittag zitterte mir die Hand, so daß ich nicht malen konnte. Ich sah auf meine Uhr und nahm mir die Stunde vor, wann ich mir gestatten würde, an den Kuß zu denken, nur fünf Minuten lang – er war so kostbar, dieser Kuß einer grauhaarigen alten Frau mit einer Warze auf der Nase, der Mutter aller meiner Küsse während meines ganzen Lebens. – Komm, Caroline, komm, Hubert!«

Sie gingen weiter, an dem Blumenbeet vorüber, nun zu viert nebeneinander, und wurden bald kleiner zwischen den Bäumen, sahen beinahe durchsichtig aus, als Licht und Schatten in großen, zitternden, unregelmäßigen Flecken über ihre Rücken glitt.

In dem ovalen Blumenbeet schien die kleine Schnecke, deren Gehäuse zwei Minuten lang rot, blau und gelb gefärbt gewesen war, sich ganz sacht darin zu regen und begann dann, mühsam über die Krumen lockerer Erde zu kriechen, die abbröckelten und herabrollten. Es sah aus, als hätte sie ein bestimmtes Ziel vor sich, im Gegensatz zu dem eigenartigen, stelzenden, eckigen grünen Insekt, das ihren Weg zu kreuzen versuchte und sekundenlang wie überlegend mit bebenden Fühlern innehielt und dann ebenso eilig und seltsam in entgegengesetzter Richtung davonstelzte. Braune Klippen mit tiefgrünen Seen dazwischen, schmale, klingenflache Bäume, die von der Wurzel bis zum Gipfel schwankten, runde Blöcke grauen Gesteins, weite, geknitterte Oberflächen von dünnen, raschelnden Gebilden – das alles lag zwischen einem Stengel und dem nächsten dem Vordringen der Schnecke zu ihrem Ziel im Weg. Noch bevor sie sich entschieden hatte, ob sie um das aufragende Zelt eines dürren Blatts herum oder darüber hinweg kriechen sollte, kamen an dem Beet die Füße andrer menschlicher Wesen vorüber.

Beide waren diesmal Männer. Der jüngere zeigte eine Miene vielleicht unnatürlicher Gelassenheit; er hob den Blick und richtete ihn sehr starr vor sich hin, während sein Gefährte sprach, und sobald der eine Pause machte, sah er wieder zu Boden und öffnete manchmal die Lippen erst nach einer ganzen Weile und manchmal gar nicht. Der ältere hatte einen merkwürdig ungleichmäßigen, schlotternden Gang, wobei er jählings die Hand vorstreckte und den Kopf hochwarf, fast wie ein ungeduldiges Kutschpferd, das es satt hat, vor einem Haus zu warten; doch bei dem Mann hatten diese Gebärden etwas Unentschlossenes und Sinnloses. Er redete beinahe ununterbrochen; er lächelte in sich hinein und begann von neuem, als wäre dieses Lächeln eine Erwiderung gewesen. Er redete von Geistern – den Geistern Verstorbener, die ihm, so behauptete er, sogar in diesem Augenblick die merkwürdigsten Dinge über ihre Erlebnisse im Himmel erzählten.

»Der Himmel war den alten Griechen als Thessalien bekannt, William, und nun, während dieses Kriegs dort, rollt die Geistessubstanz zwischen den Bergen wie Donner.« Er hielt inne, schien zu lauschen, lächelte, warf den Kopf hoch und setzte fort:

»Man hat eine kleine elektrische Batterie und ein Stückchen Gummi, um den Draht zu insulieren – isolieren? – insulieren? – na, überspringen wir die Einzelheiten, hat keinen Sinn, auf Einzelheiten einzugehn, die doch nicht verstanden würden, – kurzum, der kleine Apparat ist irgendwo handlich aufgestellt, beim Kopfende des Betts, sagen wir, auf einem netten Mahagoniständer. Sobald die ganze Anlage eingerichtet ist, von Arbeitern unter meiner Leitung, legt die Witwe das Ohr daran und ruft durch ein Zeichen, wie verabredet, den Geist herbei. Frauen! Verwitwete! Frauen in Schwarz –«

In diesem Augenblick hatte er offenbar in der Ferne ein Frauenkleid erblickt, das im Schatten wie tiefviolettes Schwarz aussah. Er zog den Hut, legte die eine Hand aufs Herz, und vor sich hinmurmelnd und mit der andern fieberhaft gestikulierend eilte er darauf zu. Doch William erwischte ihn am Ärmel und berührte mit der Spitze seines Spazierstocks eine Blume, um die Aufmerksamkeit des alten Mannes abzulenken. Nachdem der die Blume ein paar Augenblicke einigermaßen verwirrt beguckt hatte, neigte er sein Ohr zu ihr hinab und schien einer Stimme zu antworten, die aus ihr sprach, denn er begann von den Urwäldern in Uruguay zu reden, die er vor Hunderten von Jahren in Begleitung der schönsten jungen Dame Europas aufgesucht hatte. Man konnte ihn von den Urwäldern Uruguays vor sich hinmurmeln hören, den von den wachsartigen Blüten tropischer Rosen überwucherten; von Nachtigallen, sandigen Buchten, Seejungfern und im Meer ertrunkenen Frauen; während er sich von William weiterführen ließ, auf dessen Gesicht sich der Ausdruck stoischer Langmut immer mehr verstärkte.

Nahe genug hinter ihm, um von seinen Gebärden ein wenig

verdutzt zu sein, kamen zwei ältliche Frauen des untern Mittelstands, dick und behäbig die eine, die andre mit rosigen Wangen und gelenkig. Gleich den meisten Leuten ihrer Klasse waren sie ehrlich gefesselt von jedem Anzeichen von Verschrobenheit, besonders bei den Wohlhabenden, das auf Geistesgestörtheit schließen ließ. Aber sie waren zu weit weg, um sicher zu sein, ob die Gebärden des Alten bloß Verschrobenheit oder echtem Wahnsinn entsprangen. Nachdem sie eine kurze Weile wortlos spähend seinen Rücken angestarrt und einander einen sonderbaren, schlauen Blick zugeworfen hatten, nahmen sie ihr sehr kompliziertes Zwiegespräch energisch wieder auf.

»Nell, Bert, Lott, Phil, Pa, sagt er, sag ich, sagt sie, sag ich, sag ich ...«

»Mein Bert, Siss, Bill, Opa, der Alte, Zucker,
Zucker, Mehl, Heringe, Grünzeug,
Zucker, Zucker, Zucker.«

Die Behäbige blickte mit einer wunderlichen Miene durch das sich wiederholende Muster der herabrieselnden Worte auf die Blumen, die kühl, stämmig und aufrecht in der Erde standen. Sie sah sie, wie ein aus schwerem Schlaf Erwachender einen das Licht ungewohnt stark zurückwerfenden Messingleuchter erblickt, die Augen schließt und wieder öffnet und, den Leuchter abermals vor sich sehend, schließlich hellwach emporfährt und ihn mit aller Macht anstarrt. So blieb die Behäbige vor dem ovalen Blumenbeet stehn und gab sich nicht einmal mehr den Anschein zuzuhören, was die andre sagte. Sie stand da und ließ die Worte über sich herabrieseln, wiegte den Oberkörper leicht vor und zurück und sah die Blumen an. Dann schlug sie vor, sie sollten sich eine Bank suchen und ihren Tee trinken.

Die kleine Schnecke hatte unterdessen jede Möglichkeit erwogen, wie sie an ihr Ziel gelangen könnte, ohne um das dürre Blatt herum- oder darüber hinwegzukriechen. Ganz abgesehen von der Anstrengung, die das Erklettern eines Blatts erforderte, bezweifelte sie, ob das dünne Gebilde, das mit einem so beängstigenden Knistern erzitterte, sobald es auch nur von einem ihrer Fühlhörner berührt wurde, ihr Gewicht tragen würde. Und das bestimmte sie schließlich, unter ihm durchzukriechen, denn da war eine Stelle, wo das Blatt hoch genug gewölbt war, um sie einzulassen. Sie hatte soeben den Kopf in die Öffnung gesteckt und ermaß die Höhe des braunen Dachs und begann sich an das kühle bräunliche Licht zu gewöhnen, als ein andres Paar draußen auf dem Rasen vorüberging. Diesmal waren es zwei junge Leute, ein Bursch und ein Mädchen; beide in der Blüte der Jugend oder sogar in dem dieser Blüte vorausgehendem Stadium, bevor die glatten, noch gefalteten rosa Blumenblätter ihre klebrige Hülle durchbrochen haben und die Flügel des Schmetterlings, obgleich bereits völlig ausgewachsen, in der Sonne noch regungslos bleiben.

»Zum Glück ist heute nicht Freitag«, bemerkte er.

»Warum? Bist du abergläubisch?«

»Man muß sechs Pence bezahlen am Freitag.«

»Was sind schon sechs Pence? Ist es nicht sechs Pence wert?«

»›Es‹ – was meinst du mit ›es‹?«

»Oh, alles mögliche – ich meine – du weißt schon, was ich meine.«

Eine lange Pause folgte auf jede dieser Bemerkungen; sie wurden mit gleichbleibend tonloser Stimme geäußert. Das Paar war am Rande des Blumenbeets stehngeblieben und gemeinsam stieß es die Spitze ihres Sonnenschirms in die weiche Erde. Daß die zwei das taten und seine Hand dabei auf der ihren lag, verriet auf seltsame Weise die Gefühle beider, wie auch diese wenigen nichtssagenden Wörter etwas ausdrückten, Wörter mit zu kurzen Flügeln für ihren sinnträchtigen Leib, unzulänglich dafür, sie weit zu tragen, so daß sie sich unbeholfen auf den sehr alltäglichen Dingen niederließen, die die zwei umgaben und für die Unerfahrenheit, mit der sie berührt wurden, etwas so Massives hatten. Aber wer weiß (dachten sie, während sie den Schirm tiefer in die Erde drückten), was für Abgründe in ihnen verborgen sind oder welche steilen Eishänge drüben in der Sonne schimmern? Wer weiß? Wer hatte das je zuvor gesehen? Auch als sie sagte, sie wüßte gern, was die hier in Kew einem wohl zum Tee servierten, fühlte er etwas hinter ihren Worten aufragen, etwas Ungeheueres und Festes; und der Nebel begann sich zu lichten und enthüllte – aber du lieber Himmel, was war das dort? – weiße Tischchen und Kellnerinnen, die zuerst sie und dann ihn ansahen; und auch eine Rechnung, die er mit einem wirklichen Zweischillingstück bezahlen würde, und es war wirklich, alles war wirklich, beteuerte er sich, das Geldstück in seiner Tasche befingernd, wirklich für jedermann, nur nicht für ihn und sie. Aber sogar ihm schien es nun wirklich zu werden. Und dann – doch es war zu aufregend, noch länger hier zu stehn und es sich auszudenken, und er zog den Sonnenschirm mit einem Ruck aus der Erde und konnte es kaum erwarten, den Pavillon zu finden, wo man hier den Tee nahm, mit andern Leuten, wie andre Leute.

»Komm weiter, Trissie! Zeit, daß wir Tee trinken.«

»Aber wo bekommt man hier Tee zu trinken?« fragte sie mit dem sonderbarsten, fast aufgeregten leisen Erbeben in der Stimme, blickte zerstreut umher und ließ sich, den Sonnenschirm hinter sich herschleifend, den Rasenpfad entlangziehen, wendete den Kopf hierhin und dorthin, dachte gar nicht mehr ans Teetrinken, wäre gern hier, dann dort abgebogen, erinnerte sich an Orchideen und an Kraniche zwischen wildwachsenden Blumen, an eine chinesische Pagode und einen karminrot beschopften Vogel; doch er zog sie weiter.

Und so kam ein Paar nach dem andern mit fast demselben schlendernden, ziellosen Gang an dem Blumenbeet vorüber und wurde von einer Schicht grünlichblauen Dunsts nach der andern eingehüllt; worin ihre Körper zuerst noch Substanz und einen Schuß Farbe hatten; später aber zerfloß beides, Substanz und Farbe, in der grünlichblauen Luft. Wie heiß es war! So heiß, daß sogar die Drossel es vorzog, im Schatten der Blumen gleich einem mechanischen Vogel zu hüpfen, mit langen Pausen zwischen ihren Bewegungen. Statt umherzugaukeln, tanzten die weißen Schmetterlinge einer über dem andern, zeichneten mit ihrem Hin und Her weißer Flocken die Umrisse einer splitternden Marmorsäule über den höchsten Blumen. Die Glasdächer des Palmenhauses schimmerten; als hätte sich ein ganzer Marktplatzvoll glänzend grüner Schirme in der Sonne entfaltet. Und in dem Dröhnen des Flugzeugs murmelte die heiße Seele des Sommerhimmels. Gelb und schwarz, rosa und schneeweiß waren Gestalten aus allen diesen Farben, Männer, Frauen und Kinder, für eine Sekunde an den Himmelsrand getupft. Dann aber, sobald sie den breiten Streifen von Gelb erblickten, der quer über das Gras lag, wankten sie und suchten Schatten unter den Bäumen, zerflossen wie Wassertropfen in der gelb und grünen Atmosphäre, fleckten sie ein wenig rot und blau. Es schien, daß alle diese plumpen, schweren Leiber in der Hitze hingesunken waren und in regungslosem Durcheinander auf dem Erdboden lagen. Doch ihre Stimmen flackerten aus ihnen auf, als wären sie Flammen, die sich aus dicken wächsernen Kerzenleibern rekelten. Stimmen. Ja, Stimmen. Wortlose Stimmen, die die Stille jäh mit so inniger Zufriedenheit unterbrachen, so leidenschaftlichem Verlangen oder, die Kinderstimmen, mit so frischem Staunen. Die Stille unterbrachen? Doch da war keine Stille. Die ganze Zeit ließen die Autobusse ihre Räder rollen und schalteten die Gänge. Gleich einem riesigen Satz chinesischer Schachteln, alle aus geschmiedetem Stahl, die sich, eine in der andern, unaufhörlich drehten, murmelte die Stadt; und obenauf riefen die Stimmen, und die Blütenblätter von Millionen Blumen blinkten ihre Farben in die Luft.

Der Fleck an der Wand

Es war vielleicht Mitte Januar dieses Jahres, als ich aufblickte und zum erstenmal den Fleck an der Wand sah. Um ein Datum festzustellen, ist es nötig, sich zu erinnern, was alles man zur selben Zeit sah. So denke ich denn jetzt an das Kaminfeuer; die stetige Lasur von gelbem Licht auf der Seite meines Buchs; die drei Chrysanthemen in der bauchigen Glasvase auf dem Kaminsims. Ja, es muß zur Winterszeit gewesen sein, und wir waren grade mit dem Tee fertig, denn ich entsinne mich, daß ich eine Zigarette rauchte, als ich aufblickte und den Fleck an der Wand zum erstenmal sah. Ich blickte durch den Rauch meiner Zigarette auf, und meine Augen verweilten sekundenlang auf den brennenden Kohlen, und diese alte Einbildung von mir kam mir wieder in den Sinn: die scharlachrote Flagge, die vom Burgturm flattert, und ich dachte an den Zug roter Ritter, der den schwarzen Felshang hinaufreitet. Fast zu meiner Erleichterung unterbrach der Anblick des Flecks diese Einbildung, denn es ist eine alte Einbildung, eine automatische, eine vielleicht schon als Kind geformte. Der Fleck war klein und rund, ein schwarzer Fleck an der weißen Wand, etwa zwei Handbreiten über dem Kaminsims.

Wie bereitwillig unsre Gedanken auf einen neuen Gegenstand hinschwärmen, ihn, so fieberhaft wie Ameisen einen Strohhalm schleppen, eine kleine Strecke weit tragen und dann liegenlassen ... Wenn dieser Fleck von einem Nagel herrührte, konnte an dem kein Gemälde gehangen haben, es war nur Platz für eine Miniatur – die Miniatur einer Dame mit weißgepuderten Locken, puderbestäubten Wangen und nelkenroten Lippen. Ein Schwindel selbstverständlich, denn die Leute, die dieses Haus vor uns bewohnten, hätten Bilder auf diese Weise gewählt – ein altes Bild für ein altes Zimmer. Von solcher Art waren diese Leute gewesen – sehr interessante Leute, und ich denke an sie so oft, denke sie mir an so wunderlichen Orten, weil man sie nie mehr wiedersehen wird, nie wissen wird, was aus ihnen wurde. Sie wollten aus diesem Haus ausziehen, weil sie den Stil ihrer Möbel wechseln wollten, so sagte er, und er war grade dabei, zu sagen, seiner Meinung nach sollte hinter jedem Kunstwerk eine Idee stecken, als wir voneinandergerissen wurden, wie man von der alten Dame, die soeben Tee einschenkt, und von dem jungen Mann, der soeben in dem Hintergarten der Vorstadtvilla den Tennisball zurückschlagen will, weggerissen wird, wenn man im Eisenbahnzug vorbeisaust.

Aber was diesen Fleck betrifft, so bin ich nicht ganz sicher; ich glaube doch nicht, daß er von einem Nagel herrührt; dafür ist er zu groß, zu rund. Ich könnte aufstehn, aber auch wenn ich aufstünde und ihn mir ansähe, wäre ich, zehn gegen eins, nicht imstande, es mit Gewißheit zu sagen; denn sobald etwas getan ist, weiß niemand mehr, wie es dabei zuging. O du meine Güte, wie geheimnisvoll das Leben ist! Wie ungenau unser Denken! Wie unwissend die Menschheit! Um zu zeigen, wie wenig Gewalt wir über unsre Besitztümer haben – wie sehr unser Leben auch samt unsrer ganzen Zivilisation doch vom Zufall abhängig ist – möchte ich grade nur ein paar von den Dingen aufzählen, die man so im Lauf seines Lebens verliert, und mit dem Verlust beginnen, der mir immer der geheimnisvollste von allen zu sein scheint – denn welche Katze würde an so etwas knabbern, welche Ratte so etwas benagen? – drei blaßblaue Behälter für Buchbinderwerkzeuge. Dann die Vogelkäfige, die Krocketbogen, die Schlittschuhe, der barocke Kohleneimer, das Puffbrett, die kleine Drehorgel – alles weg, und auch Schmuckstücke! Opale und Smaragde, sie liegen zwischen Rübenwurzeln verstreut. Was für ein Scharren und Schaben doch das Ganze ist! Ein Wunder, daß ich überhaupt Kleider am Leib habe, daß ich in diesem Augenblick von soliden Möbeln umgeben dasitze. Wahrhaftig, wenn man das Leben schon mit irgend etwas vergleichen will, dann damit, im Achtzigkilometertempo durch den Tunnel der Untergrundbahn geblasen zu werden – und am andern Ende ohne eine einzige Haarnadel auf dem Kopf anzulangen! Splitternackt vor die Füße Gottes hingeschossen zu werden! Kopfüber in die Asphodeloswiesen zu purzeln wie ein in Packpapier gehülltes, auf eine Rutsche geworfenes Postpaket! Wobei einem das Haar nach hinten weht wie der Schweif eines Rennpferds. Ja, das scheint die rasende Schnelligkeit des Lebens auszudrücken, dieses unaufhörliche Abnutzen und Ausbessern; alles so beiläufig, alles so aufs Geratewohl ...

Und nach dem Leben? Das langsame Herabziehen dicker grüner Stengel, so daß der Blütenkelch, umkippend, einen mit violettem und rotem Licht überschüttet. Weshalb sollte man schließlich nicht dort geboren werden, wie man hier geboren wird, hilflos, sprachlos, unfähig, sein Sehvermögen richtig einzustellen, nach den Wurzeln der Gräser, nach den Zehen der Riesen umhertastend? Und sagen zu können, welches Bäume, welches Menschen sind oder ob es überhaupt solche gibt, dazu wird man noch die nächsten fünfzig oder mehr Jahre nicht imstande sein. Es wird nichts da sein als nur Weiten von Licht und Dunkel, durchschnitten von dicken Stengeln, und, etwas höher oben vielleicht, rosenförmige Kleckse von unbestimmter Farbe – mattem Rosa oder Blau – die mit der Zeit deutlicher werden – ich weiß nicht, was werden ...

Aber dieser Fleck an der Wand ist ja gar kein Loch. Er könnte sogar von etwas Rundem, Schwarzem herrühren, etwa einem kleinen Rosenblatt, einem Überbleibsel des Sommers, und ich, die ich keine sehr wachsame Hausfrau bin – man sehe nur den Staub auf dem Kaminsims! Den Staub, der, so heißt es, Troja dreimal unter sich begrub, wobei nur Topfscherben sich der Vernichtung völlig widersetzten, wie man wohl zu glauben vermag.

Der Baum draußen vor dem Fenster klopft ganz leise an die Scheibe ... Ich will ruhig nachdenken können, gelassen, weit ausgreifend, nicht unterbrochen werden, nicht von meinem Sessel aufstehn müssen, ganz leicht von einem zum andern gleiten können, ohne ein Gefühl von etwas Feindseligem oder Hinderlichem. Ich möchte tiefer und tiefer sinken, weg von der Oberfläche mit ihren harten, getrennten Tatsachen. Um mir Halt zu geben, will ich nach dem Erstbesten fassen, das mir durch den Sinn geht ... Shakespeare ... Na, er taugt ebenso gut wie etwas andres. Ein Mann, der sich behäbig in einen Armsessel niederläßt und ins Feuer blickt, so – und ein Schauer von Einfällen rieselt unaufhörlich von einem sehr hohen Himmel herab durch seinen Geist. Er stützt die Stirn in die Hand, und Leute, die zur offenen Tür hereinsehen – denn diese Szene spielt sich angenommenerweise an einem Sommerabend ab ... Aber wie langweilig es ist, historische Romane zu schreiben! Es interessiert mich überhaupt nicht! Ich wollte, ich könnte auf einen angenehmen Gedankengang geraten, einen, der mir mittelbar Ehre macht, denn solche sind die angenehmsten Gedanken und sehr häufig sogar im Geist ganz bescheidener, mausgrauer Leute zu finden, welche ehrlich glauben, nicht gern ihr eignes Lob zu hören. Es sind nicht Gedanken, die einen unmittelbar loben; das ist das Schöne an ihnen; es sind Gedanken wie diese:

»Und dann kam ich ins Zimmer. Es wurde grade über Botanik gesprochen. Ich sagte, daß ich einmal eine Blume auf einem Schutthaufen an der Stätte eines alten Hauses am Kingsway wachsen sah. Das Samenkorn, sagte ich, müsse sich in der Regierungszeit Karls I. angesät haben. ›Was für Blumen wuchsen während der Regierung Karl I.?‹ fragte ich – (aber an die Antwort erinnere ich mich nicht mehr). Langstielige Blumen mit lilaroten Quasten vielleicht.« Und so geht es weiter. Die ganze Zeit kostümiere ich im Geist die Gestalt meiner selbst, bete sie liebevoll an, heimlich, nicht offen, denn täte ich das, würde ich mich dabei ertappen und, um mich zu schützen, die Hand sogleich nach einem Buch ausstrecken. Wahrhaftig, es ist merkwürdig, wie instinktiv man das Bild seiner selbst vor Vergötzung oder irgendeiner andern Behandlung schützt, welche es lächerlich oder dem Urbild zu unähnlich machen könnte, um noch weiter daran zu glauben. Oder ist es schließlich gar nicht so merkwürdig? Es ist etwas sehr Wichtiges. Angenommen, der Spiegel zerbricht, das Bild verschwindet und die romantische Gestalt inmitten der grünen Waldestiefe ist nicht mehr da, sondern nur noch diese Hülle einer Person, die von andern gesehen wird, – wie stickig, seicht, kahl und aufdringlich da die Welt wird! Eine Welt, in der sich nicht leben läßt. Während wir im Omnibus oder in der Untergrundbahn einander gegenübersitzen, blicken wir in diesen Spiegel; daher das Unbestimmte, das glasige Schimmern in unsern Augen. Und in Zukunft werden die Romanschriftsteller immer mehr die Wichtigkeit dieser Spiegelungen erkennen, denn es gibt natürlich nicht nur eine einzige, sondern eine fast unendliche Zahl von ihnen; dies sind die Tiefen, die sie erforschen werden, dies die Phantome, denen sie nachjagen und dabei die Schilderung der Wirklichkeit aus ihren Erzählungen immer mehr weglassen, die Kenntnis dieser Wirklichkeit für gegeben nehmen werden, wie die Griechen und vielleicht Shakespeare das taten, – doch dieses Generalisieren ist ganz wertlos. Schon von dem militärischen Klang des Worts hat man genug. Er erinnert an Leitartikel, an Kabinettsminister – ja an eine ganze Klasse von Dingen, welche man als Kind für das Ding an sich hielt, das maßgebliche, das wirkliche Ding, und von diesen konnte man nicht abweichen, oder nur auf die Gefahr namenloser Verdammnis. Generalisierungen rufen mir irgendwie Londoner Sonntage in Erinnerung, sonntägliche Nachmittagsspaziergänge, sonntägliche Mittagessen und auch die Art und Weise, wie man von Verstorbenen sprach, und auch Kleider und Gewohnheiten – die Gewohnheit etwa, bis zu einer bestimmten Stunde alle miteinander in einem Zimmer beisammenzusitzen, obwohl niemand das gern tat. Es gab Regeln für alles und jedes. Die Regel, wie grade zu jener Zeit Tischdecken auszusehen hatten, war: sie mußten aus Gobelinstoff sein, mit kleinen gelben Einsätzen wie die Wappen in den Teppichen, die man auf Photos der Korridore der königlichen Paläste sehen kann. Wenn Tischdecken anders waren, waren sie gar keine wirklichen Tischdecken. Wie schockierend und zugleich wie wundervoll war es, zu entdecken, daß diese wirklichen Dinge, diese sonntäglichen Mittagsmahlzeiten, sonntäglichen Spaziergänge, diese Landhäuser und Tischdecken nicht ganz wirklich, ja tatsächlich halbe Phantome waren und die Furcht vor Verdammnis, welche die nicht an sie Glaubenden befiel, nur ein Gefühl unrechtmäßiger Freiheit war. Was, möchte ich gern wissen, nimmt heute die Stelle jener Dinge, jener wirklichen, maßgeblichen Dinge ein? Männer vielleicht, falls man eine Frau ist; der männliche Gesichtspunkt, der unser Leben beherrscht, der uns den Maßstab gibt, der Whitakers »Tabelle der Rangordnung« aufgestellt hat, welche, wie ich vermute, seit dem Krieg für viele Menschen fast zu einem Phantom geworden ist und hoffentlich bald in den Kehrichteimer gelacht werden wird, in den alle Phantome kommen: die Mahagonianrichten und die Stiche nach Landseer, die Götter und Teufel, die Hölle und so weiter, und uns allen ein berauschendes Gefühl unrechtmäßiger Freiheit hinterlassen – wenn es so etwas wie Freiheit gibt ...

In mancher Beleuchtung scheint der Fleck tatsächlich von der Wand vorzuragen. Und er ist auch nicht völlig rund. Ich bin nicht ganz sicher, doch er scheint einen wahrnehmbaren Schatten zu werfen, was vermuten läßt, daß mein Finger, wenn ich mit ihm über diese Stelle der Wand striche, an einem gewissen Punkt über eine kleine Kuppe hinauf- und hinabglitte, eine glatte Kuppe, gleich diesen Erdhügeln auf den South Downs, die Grabstätten oder Lagerbefestigungen sein sollen. Ich würde es vorziehen, daß sie Gräber wären, da ich, wie die meisten Engländer, einen Hang zur Schwermut habe und es mir als ganz natürlich erscheint, am Ende einer Wanderung an die unter der Rasendecke ausgestreckten Gebeine zu denken ... Darüber muß es wohl irgendein Buch geben. Irgendein Altertumsforscher muß diese Gebeine ausgegraben und ihnen einen Namen gegeben haben ... Was für ein Mensch ein Altertumsforscher wohl sein mag? Zumeist wohl ein pensionierter Oberst, der Trüpplein betagter Arbeiter hier hinauf auf die Kuppe führt, Erdklumpen und Steine untersucht und mit der benachbarten Geistlichkeit Briefe zu wechseln beginnt, was ihm, wenn er sie beim Frühstück öffnet, ein Gefühl von Wichtigkeit gibt. Und das Vergleichen von Pfeilspitzen erfordert Überlandfahrten in die Kreisstadt, eine angenehme Notwendigkeit für ihn selbst wie für seine ältliche Ehehälfte, wenn sie Pflaumenmus einkochen oder sein Studierzimmer gründlich reinigen möchte und daher allen Grund hat, die Entscheidung dieser großen Frage des vorrömischen Lagers oder Grabhügels immerzu in Schwebe zu halten, während der Oberst sich beim Sammeln von Beweismaterial für beide Seiten der Frage auf angenehme Weise als Philosoph vorkommt. Allerdings neigt er zu guter Letzt mehr der Ansicht zu, es sei ein Lager gewesen, und verfaßt, da er auf Widerspruch stößt, eine kleine Abhandlung, die er auf der nächsten Vierteljahresversammlung des Vereins für Ortskunde vorlesen will – da streckt ihn ein Schlaganfall nieder; und seine letzten bewußten Gedanken gelten nicht Frau und Kind, sondern dem Lager und jener Pfeilspitze, die sich jetzt in dem Glaskasten des Ortsmuseums befindet, zusammen mit dem Fuß einer chinesischen Mörderin, einer Handvoll elisabethanischer Nägel, einer großen Zahl von Tonpfeifen aus der Tudorzeit, einem Stück römischer Töpferware und dem Weinglas, aus dem Nelson getrunken hat, – was, ich weiß wirklich nicht was, beweist.

Nein, nein, nichts ist bewiesen, nichts ist gewiß. Und stünde ich jetzt, in ebendiesem Augenblick, auf, um festzustellen, daß der Fleck an der Wand tatsächlich – was sollen wir also sagen? – der Kopf eines gigantischen alten Nagels ist, der vor zweihundert Jahren hier eingeschlagen wurde und nun, dank dem geduldigen Reiben vieler Generationen von Dienstmädchen, seinen Kopf über der Farbschicht enthüllt hat und, angesichts eines weißwandigen, vom Feuerschein erhellten Zimmers, seinen ersten Blick auf das moderne Leben wirft, was gewänne ich da? – Wissen? Stoff für weitere Grübeleien? Ich kann ebensogut im Stillsitzen wie im Aufrechtstehn nachdenken. Und was ist Wissen? Was anders sind unsre Gelehrten als die Nachkommen von Hexen und Einsiedlern, welche in Höhlen und Wäldern hockten, Absude von Kräutern brauten, Wassermäuse befragten und die Sprache der Sterne niederschrieben? Und je weniger wir sie ehren, während unsre abergläubischen Vorstellungen schwinden und unsre Achtung vor einem schönen und gesunden Geist wächst ... Ja, man könnte sich eine sehr angenehme Welt vorstellen. Eine ruhige, geräumige Welt, wo die Felder so rot und blau von

Blumen sind, eine Welt ohne Professoren oder Spezialisten oder Haushälterinnen mit Polizistenprofil, eine Welt, die man mit seinen Gedanken durchschneiden könnte, wie ein Fisch das Wasser mit seinen Flossen, an Seerosenstengel streifend, reglos über Nestern weißer Seeigelgehäuse verharrend ... Wie friedlich es hier unten ist, im Mittelpunkt der Welt verwurzelt und hinaufblickend durch das graue Gewässer mit seinem jähen Erschimmern von Licht und seinen Spiegelungen – wenn es bloß Whitakers Almanach nicht gäbe – wenn es darin diese »Tabelle der Rangordnung« nicht gäbe!

Ich muß doch aufspringen und mich überzeugen, was dieser Fleck an der Wand wirklich ist – ein Nagel, ein Rosenblatt, ein Schrund im Holz?

Und hier ist die Natur wieder einmal bei ihrem alten Spiel der Selbsterhaltung. Dieser Gedankengang, so gewahrt sie, droht zu einer Kraftvergeudung, ja sogar zu einem Zusammenstoß mit der Wirklichkeit zu werden, denn wer wäre je imstande, auch nur einen Finger gegen Whitakers »Tabelle der Rangordnung« zu rühren? Nach dem Erzbischof von Canterbury kommt der Großsiegelbewahrer; nach dem Großsiegelbewahrer der Erzbischof von York. Jeder kommt nach irgendwem, das ist die whitakersche Philosophie; und die Hauptsache ist, zu wissen, wer nach wem kommt. Whitaker weiß es, und laß dir das, so rät dir die Natur, zum Trost gereichen, statt dich darüber zu erbosen; und wenn du dich nicht trösten lassen, wenn du unbedingt diese friedliche Stunde zerschmettern willst, denk an den Fleck an der Wand!

Ich begreife, worauf die Natur aus ist – einem als ein Mittel dazu, jeden Gedanken zu ersticken, der einen aufzuregen oder zu schmerzen droht, den Anstoß zum Handeln zu geben. Daher wahrscheinlich unsre leise Verachtung für Männer der Tat – Männer, welche, wie wir annehmen, nicht denken. Immerhin, es schadet weiter nichts, hinter unsre unangenehmen

Gedanken einen Punkt zu setzen, indem wir einen Fleck an der Wand betrachten.

Tatsächlich habe ich nun, da ich meine Augen darauf richte, das Gefühl, eine Planke im Meer erfaßt zu haben; ich habe ein befriedigendes Gefühl von Wirklichkeit, welches die beiden Erzbischöfe und den Großsiegelbewahrer sogleich in Schatten von Schemen verwandelt. Hier ist etwas Bestimmtes, etwas Wirkliches. So macht man, aus einem grauenhaften Mitternachtstraum erwachend, hastig Licht und liegt dann, sich beruhigend, da und betet die Kommode an, betet Stofflichkeit an, Wirklichkeit, betet die unpersönliche Welt an, welche ein Beweis dafür ist, daß außer uns noch andres existiert. Das ist's, wessen man sicher sein will ... Über Holz läßt sich angenehm nachdenken. Es stammt von einem Baum; und Bäume wachsen, und wir wissen nicht, wie sie wachsen. Jahre und Jahre wachsen sie, ohne uns irgendwelche Aufmerksamkeit zu schenken, auf Wiesen, in Wäldern und an den Ufern von Flüssen – lauter Dinge, an die man gern denkt. In ihrem Schatten wedeln an heißen Nachmittagen die Kühe mit dem Schwanz; die Flüsse werden von ihnen so grün bemalt, daß man, wenn ein Moorhuhn taucht, erwartet, es mit ganz grünem Gefieder wieder hochkommen zu sehen. Ich denke gern an die Fische, die sich gegen die Strömung wie straffgewehte Fahnen im Gleichgewicht halten; und an die Wasserkäfer, die langsam Kuppeln von Schlamm auf dem Flußbett errichten. Ich denke gern an den Baum selbst. Zuerst an die dichte, trockene Empfindung, Holz zu sein. Dann an das Rütteln des Sturms. Dann an das allmähliche, köstliche Hochsteigen des Safts. Ich denke auch gern an den Baum, wie er in Winternächten auf der kahlen Wiese steht, alle Blätter eng zusammengefaltet, nichts Zartes den eisernen Kugeln des Monds ausgesetzt, ein nackter Mast auf einer Erde, welche die ganze Nacht lang holterdipolter dahinrollt.

Der Gesang der Vögel im Juni muß ihm wohl sehr laut und seltsam klingen; und als wie kalt muß er die Füßchen der Insekten empfinden, wenn sie mühselig die Rillen der Rinde emporklettern oder sich auf der dünnen grünen Blache der Blätter sonnen und mit den wie Diamanten geschliffenen roten Augen gerade vor sich hinsehen ... Eine nach der andern reißen die Fasern unter dem ungeheuern kalten Druck der Erde, dann kommt der letzte Sturmwind, und im Sturz bohren sich die höchsten Äste wieder tief in den Boden. Doch selbst dann ist's mit dem Leben noch nicht vorbei. Es gibt noch viele Möglichkeiten geduldigen, wachsamen Lebens für einen Baum überall auf der Welt, in Schlafzimmern, auf Schiffen, als Straßenpflaster, als Täfelung von Räumen, wo Leute nach dem Tee beisammensitzen und Zigaretten rauchen. Er ist erfüllt von friedsamen Gedanken, glückseligen Gedanken, dieser Baum. Ich würde mir gern einen jeden einzeln hernehmen – doch etwas kommt dazwischen ... Wo war ich nur? Worum ging das alles? Einen Baum? Einen Fluß? Die Hügel von Sussex? Whitakers »Tabelle«? Die Asphodeloswiesen? Ich kann mich gar nicht erinnern. Alles bewegt sich, fällt, entgleitet, entschwindet ... Ein gewaltiger Aufruhr von Materie erfolgt. Jemand steht vor mir und sagt:

»Ich gehe aus, um eine Zeitung zu kaufen.«

»So?«

»Obzwar es keinen Sinn hat, Zeitungen zu kaufen ... Es geschieht nie etwas. Dieser vermaledeite Krieg! Dieser gottverdammte Krieg! ... Immerhin, ich sehe nicht ein, weshalb wir eine Schnecke an der Wand sitzen haben sollen.«

Ah, der Fleck an der Wand! Er war eine Schnecke.

Das neue Kleid

Den ersten ernstlichen Argwohn, daß etwas nicht richtig war, empfand Mabel, als sie den Abendumhang ablegte und die alte Barnet – die ihr den Handspiegel reichte und auf die Bürsten und Kämme wies und so vielleicht recht deutlich ihr Augenmerk auf alle die Dinge zum Zurechtrichten und Auffrischen von Frisur, Teint und Kleid da auf dem Garderobetisch lenkte – diesen Argwohn bestätigte, daß etwas nicht richtig, nicht ganz richtig war, und der verstärkte sich beim Hinaufgehn über die Treppe und wurde jäh zur Überzeugung, als sie Clarissa Dalloway begrüßte. Darum ging sie schnurstracks durch den ganzen Salon auf einen in gedämpftem Licht liegenden Winkel zu, wo ein Spiegel hing, und sah hinein. Wirklich! Es war *nicht* richtig, das Kleid. Und sogleich überkam sie das Elend, das sie immer zu verbergen suchte, und die tiefe Unzufriedenheit – dieses Gefühl der Minderwertigkeit gegenüber andern Leuten, das sie seit ihrer Kindheit hatte, – sprang sie schonungslos, erbarmungslos an, mit einer Heftigkeit, die sie nicht abzuwehren vermochte, wie sie das, wenn sie daheim nachts erwachte, tun konnte, indem sie Borrow oder Scott zu lesen begann; denn – oh, diese Männer, oh, diese Frauen! – alle dachten sie: »Was hat Mabel da nur an? Wie schauderhaft sie aussieht! Was für ein scheußliches neues Kleid!« und blinzelten, wenn sie nahekamen, und schlossen dann für eine Sekunde die Augen.

Was sie bedrückte, war ihre entsetzliche Unzulänglichkeit; ihre Feigheit; ihr erbärmliches, wässeriges Blut. Und sogleich erschien ihr jenes Zimmer, darin sie viele Stunden lang mit der kleinen Schneiderin besprochen hatte, welchen Schnitt es haben sollte, überhaupt als jämmerlich und abstoßend; und ihr Wohnzimmer daheim als so schäbig; und sie selbst vorhin beim Weggehn als aufgeblasen von Eitelkeit, wie sie mit dem Finger über die Briefe auf dem Tischchen im Hausflur strich und »Fades Zeug!« murmelte, um sich aufzuspielen, – das alles schien ihr nun unsäglich albern, armselig und provinzlerisch zu sein. Das alles war völlig vernichtet, entlarvt, zum Platzen gebracht worden in dem Augenblick, als sie Clarissa Dalloways Salon betrat.

Was sie sich an jenem Spätnachmittag, an ihrem Teetisch sitzend, gedacht hatte, als Mrs. Dalloways Einladung kam, war, sie werde freilich nicht modisch gekleidet hingehn können. Lächerlich, das auch nur vortäuschen zu wollen, – modisch bedeutete guten Schnitt, bedeutete Stil, bedeutete, gering gerechnet, dreißig Guineen – aber warum nicht originell sein? Warum nicht überhaupt sie selbst sein? Und sie war aufgestanden und hatte das alte Buch ihrer Mutter hervorgesucht, ein Pariser Modealbum aus der Zeit des Ersten Kaiserreichs, und sich gedacht, um wieviel hübscher, würdevoller und weiblicher die Frauen damals waren, und sich vorgenommen – oh, wie närrisch von ihr! – zu versuchen, ihnen zu gleichen, hatte sich wahrhaftig etwas darauf eingebildet, daß sie sittsam und altmodisch und sehr scharmant wirken werde, hatte sich zweifellos einer Orgie von Eigenliebe überlassen, die gezüchtigt zu werden verdiente, und hatte sich also auf diese Weise aufgetakelt.

Doch sie wagte nicht, wirklich in den Spiegel zu blicken, vermochte nicht, sich dem ganzen Greuel zu stellen – dem mattgelben, blödsinnig unmodernen knöchellangen Seidenkleid mit den Puffärmeln und der hohen Taille und allem, was in dem Modealbum so reizend aussah; aber nicht an ihr, nicht unter allen diesen alltäglichen Menschen. Sie kam sich, als sie hier stand, vor wie die Kleiderpuppe einer Schneiderin, nur dazu da, daß junge Leute Stecknadeln hineinstachen.

»Aber, meine Liebe, wie reizend!« sagte Rose Shaw, sie von oben bis unten musternd, mit diesem leichten spöttischen Kräuseln der Lippen, das sie erwartet hatte, – Rose, selber immer nach der allerneuesten Mode gekleidet, ebenso wie die andern.

Wir sind alle wie Fliegen, die über den Rand einer Untertasse zu krabbeln versuchen, dachte Mabel, und wiederholte die Worte im stillen, als bekreuzigte sie sich, als wollte sie einen Zauberspruch finden, um diese Pein loszuwerden, diese Tortur erträglich zu machen. Fetzchen aus Shakespeare, Zeilen aus Büchern, die sie vor urlanger Zeit gelesen hatte, fielen ihr immer ein, wenn sie Qualen litt, und sie sagte sie sich wieder und wieder vor. »Fliegen, die zu krabbeln versuchen«, wiederholte sie. Wenn sie sich das oft genug vorsagen und sich die Fliegen vorstellen könnte, würde sie gefühllos werden, kalt, starr, stumm. Nun konnte sie Fliegen sehen, die langsam aus einer mit Milch gefüllten Untertasse herauskrabbelten, die Flügel verklebt; und als sie so vor dem Spiegel stand und Rose Shaw zuhörte, war sie angestrengt bemüht, sich Rose und alle die andern Leute hier als Fliegen vorzustellen, wie sie sich aus irgend etwas herauszuhieven suchten oder in etwas hinein, – mieserige, unbedeutende, sich abstrampelnde Fliegen. Aber sie konnte sie sich nicht so vorstellen, nicht andre Leute. Sich selbst sah sie so – sie war eine Fliege, die andern aber waren Libellen, Schmetterlinge, herrliche Insekten, tanzende, gaukelnde, schwebende, während sie allein sich aus der Untertasse herausmühte. (Neid und Bosheit, die hassenswertesten aller Laster, waren ihre Hauptfehler.)

»Ich fühle mich wie eine schäbige, schlampige, schwächliche, gräßlich schmuddelige alte Fliege«, sagte sie, damit

Robert Haydon just in dem Augenblick stehnbleibe und ihre Worte höre; sagte es nur, um sich zu beruhigen, indem sie eine matte, knieweiche Phrase auf Hochglanz polierte und so zeigte, wie unbeteiligt sie sei, wie witzig, wie sie sich nicht im geringsten als außenstehend vorkomme. Und selbstverständlich antwortete Robert Haydon etwas völlig Höfliches, völlig Unaufrichtiges, das sie sogleich durchschaute, und kaum daß er weg war, sagte sie sich (abermals aus irgendeinem Buch): »Lügen, Lügen, Lügen!« Denn auf so einer Gesellschaft wird alles entweder viel wirklicher oder viel weniger wirklich, dachte sie; blitzartig sah sie bis auf den Grund von Robert Haydons Herz; sie durchschaute alles. Sie sah die Wahrheit. *Dies* war wahr, dieser Salon, dieses Selbst hier und nicht jenes andre. Miss Milans kleine Werkstatt war wirklich schrecklich heiß, stickig, armselig. Es roch darin nach Kleidern und gedünstetem Kohl; und dennoch, als Miss Milan ihr den Handspiegel reichte, damit sie sich in dem fertigen Kleid von allen Seiten besehen könne, wurde ihr Herz von einer außerordentlichen Seligkeit durchdrungen. Lichtübergossen gewann sie Dasein. Aller Kümmernisse und Sorgenfalten ledig, stand, was sie sich erträumt hatte, vor ihr – eine schöne Frau. Nur für eine Sekunde (sie hatte nicht gewagt, nochmals hinzublicken, Miss Milan hatte die Länge des Kleids wissen wollen), sah ihr, eingerahmt von den Mahagonischnörkeln des Stehspiegels, ein schimmerndes, geheimnisvoll lächelndes, reizendes junges Geschöpf entgegen, ihre wahre Seele, ihr innerstes Selbst; und es war nicht bloß Eitelkeit, nicht bloß Eigenliebe, daß sie dieses für gut, zartsinnig und aufrichtig hielt. Miss Milan sagte, das Kleid dürfe gar nicht länger sein; es müsse, wenn überhaupt, sagte sie abwägend, die Stirn gerunzelt, ihre fünf Sinne beisammen, eher kürzer sein.

Und plötzlich fühlte sie sich ehrlich von Liebe für Miss

Milan erfüllt, empfand viel, viel mehr Zuneigung für sie als für irgend jemand sonst auf der ganzen Welt und hätte vor Mitleid weinen können, daß sie auf dem Fußboden herumkriechen sollte, den Mund voller Stecknadeln, hochrot im Gesicht, mit vorquellenden Augen, – daß ein Mensch so etwas für einen andern tun sollte; und sie sah alle Menschen bloß als Menschen und sich selbst, wie sie auf die heutige Abendgesellschaft ging, und Miss Milan, wie sie die Hülle über den Käfig des Kanarienvogels zog oder, ein Hanfkorn zwischen den Lippen, ihn es wegpicken ließ, und der Gedanke daran, an diese Seite der menschlichen Natur und deren Geduld und Langmut und Sichzufriedengeben mit solch kläglichen, kärglichen, kümmerlichen kleinen Freuden füllte ihr die Augen mit Tränen.

Jetzt war das alles entschwunden. Das Kleid, das Zimmer dort, die Liebe, das Mitleid, der umschnörkelte Stehspiegel und der Käfig mit dem Kanarienvogel – alles war entschwunden, und hier stand sie nun, in einem Winkel von Clarissa Dalloways Salon, von Qualen gepeinigt, hellwach der Wirklichkeit gegenüber.

Aber wie armselig, dünnblütig und kleinlich, wenn sie, in ihrem Alter, mit zwei Kindern, noch so völlig abhängig war von andrer Leute Meinung und selber keine Grundsätze oder Überzeugungen besaß, nicht, wie andre Leute, imstande war zu sagen: »Schließlich gibt es Shakespeare! Es gibt den Tod! Wir sind alle nur Würmer in einem Stück Schiffszwieback!« – oder was immer es war, was Leute sagten.

Sie blickte sich fest an in dem Spiegel; sie zupfte an ihrer linken Achsel; sie wagte sich aus ihrem Winkel ins Zimmer hinaus, als würde ihr gelbes Kleid von allen Seiten mit Speeren beworfen. Aber statt trotzig oder tragisch dreinzusehen, wie Rose Shaw dreingesehen hätte – Rose hätte wie Boadicea, die heldische Britenkönigin, dreingesehen – sah sie dämlich und verlegen drein, lächelte geziert wie ein Schulmädchen und durchquerte knieweich den Salon, schlich gradezu wie ein verprügelter Köter zu einem Bild, einem Kupferstich, und betrachtete es. Als ginge man auf eine Gesellchaft, um Bilder zu betrachten! Alle mußten doch merken, warum sie es tat – weil sie sich schämte, sich gedemütigt fühlte.

»Nun ist die Fliege in der Untertasse«, sagte sie sich, »mitten drin, und kann nicht heraus, und die Milch«, dachte sie, das Bild anstarrend, »verklebt ihr die Flügel.«

»Es ist so altmodisch«, sagte sie zu Charles Burt, damit er (was er schon an und für sich haßte) stehnbleibe, während er zu jemand hin und mit ihm reden wollte.

Sie meinte oder versuchte vielmehr, sich glauben zu machen, sie meine, das Bild und nicht ihr Kleid sei altmodisch. Und ein anerkennendes Wort, ein herzliches Wort von Charles hätte für sie in diesem Augenblick den ganzen Unterschied gemacht. Wenn er doch nur gesagt hätte: »Mabel, Sie sehen reizend aus heute abend!« hätte das ihr Leben verändert. Aber da hätte sie aufrichtig und unumwunden sein müssen. Charles sagte natürlich nichts dergleichen. Er war die personifizierte Bosheit. Er durchschaute einen immer, vor allem, wenn man sich besonders armselig, erbärmlich und schwachsinnig vorkam.

»Mabel hat ein neues Kleid an!« sagte er, und die arme Fliege wurde buchstäblich in die Mitte der Untertasse zurückgeschnippt. Wirklich, er würde sie gern ertrinken sehen, vermutete sie. Er besaß kein Herz, keine Güte im Grunde, nur einen äußern Anstrich von Freundlichkeit. Miss Milan war viel wirklicher, viel gütiger. Wenn man das bloß immer empfinden und dabei bleiben könnte! »Warum«, fragte sie sich – während sie Charles viel zu schnippisch antwortete und ihn so merken ließ, daß sie schlechter Laune war oder

»schief gewickelt«, wie er das nannte (»Bißchen schief gewickelt?« sagte er bloß und ging weiter und machte sich über sie mit einer andern dort drüben lustig) – »warum«, fragte sie sich, »kann ich nicht etwas ein für allemal fühlen, immer sicher sein, daß Miss Milan recht und Charles unrecht hat, und dabei bleiben? Nicht immer sicher sein, was den Kanarienvogel und Mitleid und Liebe betrifft, statt sogleich umgestimmt zu werden, sobald ich ein Zimmer voller Leute betrete?« Es war eben wieder ihr hassenswerter, schwacher, schwankender Charakter, der immer im kritischen Augenblick nachgab und sich nicht ernsthaft für Conchologie, Etymologie, Botanik, Archäologie interessierte und dafür, Saatkartoffeln zu zerschneiden und ihre Keimfähigkeit zu prüfen wie Mary Dennis, wie Violet Searle.

Dann kam Mrs. Holman, die sie hier stehn sah, auf sie zugesteuert. Freilich, so ein Ding wie ein Kleid war zu unwichtig, um von Mrs. Holman beachtet zu werden, deren Sprößlinge immer die Treppe hinunterfielen oder Scharlach hatten. Könne Mabel ihr sagen, ob Elmthorpe je im August und September zu mieten sei? Oh, es war ein Gespräch, das sie unsäglich anödete! – es machte sie wütend, wie ein Häusermakler oder ein Botenjunge behandelt zu werden, benützt zu werden. Keinen Wert zu haben, das war es, dachte sie und versuchte, etwas Hartes, etwas Wirkliches zu erfassen, während sie sich bemühte, vernünftige Auskünfte zu geben über das Badezimmer und die Südlage und die Heißwasserleitung bis ins oberste Stockwerk; und die ganze Zeit konnte sie winzig ihr gelbes Kleid in dem runden Konvexspiegel sehen, der alle Leute so klein wie Stiefelknöpfe oder Kaulquappen aussehen ließ; und es war verblüffend, sich zu denken, wieviel Demütigung und Qual und Ekel vor sich selbst und Mühsal und leidenschaftliches Auf und Ab der Gefühle in etwas von der Größe eines Dreipennystücks enthalten war.

Und noch seltsamer: dieses Etwas dort, diese Mabel Waring, war davon getrennt, ganz davon losgelöst. Und obwohl Mrs. Holman (der schwarze Knopf) sich vorneigte und ihr erzählte, daß ihr Ältester sich beim Laufen das Herz überanstrengt hatte, konnte sie sie ebenso ganz losgelöst in dem Spiegel sehen, und es war unmöglich, daß der schwarze Punkt, der sich jetzt vorneigte, gestikulierte, den gelben Punkt, der ganz für sich dasaß, mit sich selbst beschäftigt, fühlen machen könnte, was der schwarze fühlte, und doch täuschten beide das vor.

»Einfach nicht zu erreichen, daß Jungens sich ruhig verhalten« – war so ungefähr, was man darauf antwortete.

Und Mrs. Holman, die nie genug Sympathie bekommen konnte und gierig nach dem wenigen, das sich fand, haschte, als wäre das ihr gutes Recht (aber ihr gebührte viel mehr, denn war nicht ihre Kleine heute mit einem geschwollenen Kniegelenk zum Frühstück gekommen?), nahm diese schäbige Gabe und besah sie mißtrauisch, verdrießlich, als wäre sie ein Halbpennystück, wenn es doch eine Pfundnote hätte sein sollen, und steckte es in ihre Börse, mußte sich damit begnügen, so kärglich und knauserig es auch war, bei den heutigen harten Zeiten, den sehr harten; und weiter ging's, das Geknautsche Mrs. Holmans, der gekränkten, über die Kleine mit dem geschwollenen Kniegelenk. Ah, es war tragisch, dieses Gieren, dieses Geschrei der Menschen nach Sympathie – gleich einer Reihe von Kormoranen mit ihrem Kreischen und Flügelschlagen; es war tragisch, wenn man sie wirklich empfunden und nicht bloß vorgegeben hätte, sie zu empfinden!

Aber heute abend, in ihrem gelben Kleid, vermochte sie keinen einzigen Tropfen mehr davon hervorzupressen; sie wollte die ganze ganz für sich selbst. Sie wußte (sie blickte weiter in den Spiegel, tauchte ein in diesen entsetzlich bloßstellenden blauen Tümpel), daß sie verurteilt war, verachtet, auf einem toten Geleise gelassen, weil sie so war, ein schwächliches, unentschlossenes Geschöpf; und das gelbe Kleid schien ihr eine Buße zu sein, die sie verdient hatte, und wenn sie wie Rose Shaw in schönes, schmiegsames Grün gekleidet gewesen wäre, mit einer Rüsche aus Schwanenflaum, hätte sie eben *dies* verdient; und es gab, dachte sie, keinen Ausweg für sie – keinen wie immer gearteten. Doch es war schließlich nicht ganz allein ihre Schuld. Die Schuld lag daran, eins von zehn Geschwistern gewesen zu sein; nie genug Geld zu haben, immer knapsen und knausern zu müssen; und daran, daß ihre Mutter selber schwere Kannen geschleppt hatte und das Linoleum über den Stufenkanten abgewetzt gewesen war, und an einer jämmerlichen kleinen häuslichen Tragödie nach der andern – die Schafzucht auf dem Gut ein Mißerfolg, aber kein völliger; ihr ältester Bruder unter seinem Stand verheiratet, aber nicht allzusehr darunter, – es war nichts Romantisches, nichts Extremes an ihnen allen. Sie vegetierten auf achtbare Weise dahin, in kleinen Städtchen am Meer; in jedem Badeort schlief sogar jetzt irgendeine Tante von ihr in irgendeiner möblierten Wohnung, deren Vorderfenster nicht unmittelbar aufs Meer gingen. Das war so typisch für sie alle – immer mußten sie auf alles nur schielen. Und sie selbst hatte es auch so gemacht – sie war genau wie ihre Tanten. Sosehr sie es sich erträumt hatte, in Indien zu leben, mit einem Helden wie Sir Henry Lawrence verheiratet, mit irgend jemand, der das Empire ausbauen half (immer noch erfüllte sie der Anblick eines beturbanten Eingeborenen mit Romantik), hatte sie ganz und gar versagt. Sie hatte Hubert Waring geheiratet, mit seinem sichern untergeordneten Dauerposten beim Obersten Gerichtshof, und es ging ihnen leidlich in einem eher kleinen Haus ohne richtige Dienstmädchen und, wenn sie allein war, nur bei Haschee oder bloß Butterbrot, aber dann und wann – Mrs. Holman hatte sich getrollt, überzeugt, sie sei die vertrocknetste, verständnisloseste Staude, der sie je begegnet war, lächerlich gekleidet obendrein, und würde jedem Menschen erzählen, wie unmöglich Mabel ausgesehen habe, – dann und wann, dachte Mabel, auf dem blauen Sofa alleingeblieben und das Kissen mit kleinen Püffen wieder in Ordnung bringend, um beschäftigt auszusehen, denn sie wollte sich nicht Charles Burt und Rose Shaw gesellen, die wie Elstern drauflosschwatzten dort neben dem Kamin und vielleicht über sie lachten, – dann und wann kamen köstliche Augenblicke für sie, neulich abends zum Beispiel, als sie im Bett noch las, oder unten am Strand in der Sonne letzte Ostern – sie trachtete sich genauer zu erinnern – ein dichter Schopf blassen Sandgrases, ganz sparrig wie ein Bündel Speere gegen den Himmel, der blau war wie ein glattes Porzellanei, so fest, so hart, und dann die Melodie der Wellen: »Schsch, schsch«, sagten sie, und die Rufe der planschenden Kinder – ja, es war ein göttlicher Augenblick gewesen, und sie lag dort, so hatte sie empfunden, in der Hand der Göttin, die die Welt war; einer recht hartherzigen, aber sehr schönen Göttin; ein kleines Lamm, auf den Altar gelegt (man dachte sich solche Dummheiten, und es schadete nichts, solange man sie nicht aussprach). Und auch mit Hubert hatte sie manchmal ganz unerwartet – wenn sie den Hammelbraten für das sonntägliche Mittagessen vorschnitt – aus gar keinem Grund – wenn sie einen Brief öffnete, in ein Zimmer kam – göttliche Augenblicke, wo sie zu sich sagte (denn sie würde so etwas zu niemand anderm sagen): »Das ist so einer. Es ist wirklich geschehen. Das ist er!« Und das Entgegengesetzte war ebenso überraschend – das heißt, wenn alles bereit war: Musik, Wetter, Ferien, jeder Grund zum Glücklichsein – und dann gar nichts geschah.

Man war nicht glücklich. Es war schal, einfach schal, sonst nichts.

Wieder, unbezweifelbar, ihr jämmerliches Selbst! Sie war immer eine überbesorgte, willensschwache, ihrer Aufgabe nicht gewachsene Mutter gewesen, eine ihrer selbst nicht sichere Gattin, die in einer Art von Dämmerdasein dahindöste, mit keinen sehr klaren oder kühnen Ansichten, nicht dies und nicht das, wie alle ihre Geschwister, Herbert vielleicht ausgenommen, – sie waren alle die gleichen armseligen dünnblütigen Geschöpfe, die nichts vollbrachten. Dann plötzlich, in dieser kriechenden, krabbelnden Art von Existenz, war sie manchmal hoch oben auf einem Wellenberg gewesen. Diese elende Fliege – wo hatte sie nur die Geschichte gelesen, die ihr immer wieder einfiel, von der Fliege in der Untertasse? – war mühsam herausgekrochen. Ja, sie hatte solche Augenblicke. Nun aber, seit sie vierzig war, würden die immer seltener werden. Nach und nach würde sie aufhören, sich zu mühen. Aber das wäre jämmerlich. Das wäre unerträglich. Es erfüllte sie mit Scham über sich selbst.

Gleich morgen wollte sie in die Londoner Bibliothek gehn. Sie würde irgendein wundervolles, hilfreiches, erstaunliches Buch finden, ganz zufällig, ein Buch von einem Geistlichen oder einem Amerikaner, von dem niemand je gehört hatte; oder sie würde den *Strand* entlanggehn und zufällig in einen Saal geraten, wo ein Grubenarbeiter über sein Leben im Schacht spräche, und plötzlich würde sie ein neuer Mensch werden. Sie wäre ganz und gar verwandelt. Sie würde eine Uniform tragen; würde Schwester Irgendwas genannt werden; sie würde nie wieder einen Gedanken an Kleider verschwenden. Und danach wäre ihr für immer alles völlig klar über Charles Burt und Miss Milan und dieses Zimmer und jenes Zimmer; und es wäre immer, Tag auf Tag, so, als läge sie in der Sonne oder schnitte den Sonntagsbraten vor. Es wäre immer *der* Augenblick!

Also stand sie von dem blauen Sofa auf, und der gelbe Knopf in dem Spiegel stand auch auf, und sie winkte Charles und Rose zu, um ihnen zu zeigen, daß sie nicht im geringsten von ihnen abhängig war, und der gelbe Knopf entfernte sich aus dem Spiegel, und alle Speere hatten sich in ihrer Brust gesammelt, als sie auf Clarissa Dalloway zuging und sich verabschiedete.

»Aber es ist zu früh, um schon wegzugehn«, entgegnete Mrs. Dalloway, die immer so reizend nett war.

»Ich muß leider schon nach Hause«, sagte Mabel Waring. »Aber«, setzte sie mit ihrer schwächlichen, schwankenden Stimme hinzu, die nur noch lächerlicher klang, wenn sie ihr mehr Kraft zu verleihen suchte, »ich habe mich riesig gut unterhalten.«

»Ich habe mich gut unterhalten«, sagte sie zu Mr. Dalloway, mit dem sie auf der Treppe zusammentraf.

»Lügen, Lügen, Lügen!« sagte sie sich, während sie weiter hinunterging, und: »Mitten drin in der Untertasse!« sagte sie sich, als sie der alten Barnet für ihre Hilfe dankte und sich rundum und rundum in den chinesischen Umhang wickelte, den sie schon an die zwanzig Jahre trug.

Die Jagdgesellschaft

Sie stieg ein und legte ihren Handkoffer ins Gepäcknetz und das Paar Fasane obenauf. Dann setzte sie sich in die Ecke. Der Zug ratterte durch Mittelengland, und der Nebel, der hereingedrungen war, als sie die Tür öffnete, schien das Abteil zu vergrößern und die vier Reisenden von einander abzusondern. Offenbar hatte M. M. – das waren die Initialen auf dem Koffer – das Wochenende auf einer Jagdgesellschaft verbracht. Offenbar, denn in ihre Ecke zurückgelehnt, durchlebte sie es nun nochmals. Sie hielt die Augen zwar nicht geschlossen, aber zweifellos sah sie den Mann ihr gegenüber gar nicht, und auch nicht die kolorierte Photographie des Münsters von York. Sie erinnerte sich wohl auch an einiges, was gesprochen worden war, denn während sie so vor sich hinsah, bewegten sich ihre Lippen; dann und wann lächelte sie. Und sie war hübsch und stattlich; wie eine Zentifolie; ein rostroter Winterapfel; gebräunt; aber mit einer Narbe auf der Wange – die sich verlängerte, wenn sie lächelte. Da sie sich alles das hersagte, mußte sie wohl ein Gast gewesen sein. Und doch glich sie in ihrer altmodischen Kleidung, wie Frauen sie vor Jahren getragen hatten, auf Bildern, in Sportzeitschriften, nicht grade einem Jagdgast, aber auch keinem Dienstboten. Hätte sie einen Korb bei sich gehabt, wäre sie die Frau gewesen, die Foxterrier züchtet; die Besitzerin des Siamkaters; jemand, der etwas mit Hetzhunden und Pferden zu tun hat. Aber sie hatte nur ihren kleinen Koffer und die Fasane. Irgendwie mußte sie es also bewerkstelligt haben, sich in dem Zimmer aufzuhalten, das sie durch die Polsterung des Abteils und den Glatzkopf des

Mannes und die Abbildung des Münsters von York hindurch vor sich sah. Und sie mußte zugehört haben, was gesprochen wurde, denn nun ließ sie, wie man einen Laut nachahmt, den jemand ausgestoßen hat, ein kleines Schnalzen hinten in der Kehle vernehmen: »Tschjack.« Dann lächelte sie.

»Tschjack«, machte Miss Antonia, sich den Kneifer auf die Nase klemmend. Die feuchten Blätter fielen draußen vor den hohen Fenstern des Zimmers herab; ein paar blieben kleben und hafteten, fischförmig, wie braune Holzintarsien an den Scheiben. Dann erschauerten die Bäume im Park, und die Blätter schienen im Herabschweben das Erschauern sichtbar zu machen – das feuchtbraune Erschauern.

»Tschjack.« Miss Antonia schnupfte abermals auf und stach in den hauchdünnen weißen Stoff in ihrer Hand, wie eine Henne nervös, hastig auf ein Stück Weißbrot lospickt.

Der Wind seufzte. Das Zimmer war zugig. Die Türen schlossen nicht dicht, und auch die Fenster nicht. Dann und wann lief ein Wellchen wie ein Reptil unter dem Teppich hin. Auf dem Teppich lagen Paneele von Grün und Gelb, wo die Sonne auf ihm ruhte, dann rückte die Sonne vor und wies mit einem Finger wie spottend auf ein Loch im Teppich und hielt inne. Und dann bewegte er sich weiter, der schwache aber unparteiische Sonnenfinger, und lag – es sanft beleuchtend – auf dem Wappenschild über dem Kamin: den hangenden Trauben, der Meerjungfrau und den Speeren. Miss Antonia blickte auf, als das Licht sich verstärkte. Riesige Ländereien, so hieß es, hatten sie einstmals besessen – ihre Vorfahren – die Rashleighs. Dort drüben. Den Amazonas hinauf. Seefahrer. Freibeuter. Säcke voller Smaragde. Rund um die Insel gekundschaftet. Gefangene gemacht. Jungfrauen. Da war sie, ganz Schuppen vom Schwanz bis zur Taille. Miss Antonia grinste beinahe. Der Sonnenfinger glitt hinab, und ihr Blick begleitete ihn. Nun ruhte er auf einem Silberrahmen; einer Photographie; einem eiförmigen, fast kahlen Schädel; einer Lippe, die unter dem Schnurrbart vorsprang; und auf dem mit einem Schnörkel daruntergeschriebenen Namen »Edward«.

»Der König ...« murmelte Miss Antonia und wendete das dünne weiße Gewebe auf ihrem Schoß um ». . . hatte das Blaue Zimmer«, fügte sie mit einem Zurückwerfen des Kopfs hinzu, als das Licht blaßte.

Draußen in der Königsschneise wurden die Fasane an den Flintenmündungen vorbeigetrieben. Hochzischten sie aus dem Unterholz gleich schweren Raketen, rötlichvioletten Raketen, und wie sie aufflogen, knallten die Flinten eine nach der andern, eifrig, scharf, als hätte plötzlich eine Reihe von Hunden gebellt. Tuffs von weißem Rauch hielten einen Augenblick lang zusammen; dann lösten sie sich sanft auf, zerstreuten sich und schwanden.

In dem Hohlweg unterhalb des Waldhangs stand ein Karren, schon halb voll von weichen, warmen Leibern mit schlaffen Klauen und noch Lüster zeigenden Augen. Die Fasane schienen noch lebendig zu sein, aber unter ihrem üppigen feuchten Federkleid in Ohnmacht zu verfallen. Sie sahen entspannt und wohlig aus, als schliefen sie auf einer warmen Böschung weicher Federn am Boden des Karrens, und schienen sich ein wenig zu plustern.

Der Gutsherr mit seiner Galgenmiene, in den abgetragenen Ledergamaschen, fluchte dann und hob die Flinte.

Miss Antonia nähte. Manchmal leckte eine Flammenzunge um das graue Scheit herum, das von einer Seite des Kaminrosts bis zur andern reichte, fraß gierig daran, erstarb und hinterließ ein weißes Armband, wo die Rinde weggenagt worden war. Miss Antonia blickte auf, starrte mit weitgeöffneten Augen hin, instinktiv, wie ein Hund eine Flamme anstarrt. Dann sank die Flamme zusammen, und sie nähte weiter.

Und dann öffnete sich lautlos die riesig hohe Tür. Zwei hagere Männer traten ein und zogen einen Tisch über das Loch im Teppich. Dann gingen sie; dann kamen sie wieder. Sie breiteten ein Tuch über den Tisch. Sie gingen; sie kamen. Sie brachten einen mit grünem Tuch ausgeschlagenen Korb voller Messer und Gabeln; und Zuckerstreuer; und Salzfässer; und Brot; und eine silberne Vase mit drei Chrysanthemen darin. Und der Tisch war gedeckt. Miss Antonia nähte weiter.

Wieder öffnete sich die Tür, schwächlich aufgestoßen diesmal. Ein kleiner Hund trottete herein, ein Spaniel; schnupperte behend umher; hielt inne. Die Tür stand offen. Und dann trat, auf einen Stock gestützt, schwerfällig die alte Miss Rashleigh ein. Ein weißer Schal, von Diamanten gehalten, umwölkte ihre Kahlköpfigkeit. Sie humpelte durch das Zimmer; setzte sich, über ihren Stock gekrümmt, auf den hochlehnigen Stuhl am Kamin.

Miss Antonia nähte weiter. »Fasanen schießen«, sagte sie endlich.

Die alte Miss Rashleigh nickte. Sie umklammerte ihren Stock. Die beiden saßen und warteten.

Die Jäger hatten sich mittlerweile aus der Königsschneise zum Hauswald begeben. Sie standen jetzt in dem violettbraun gepflügten Acker davor. Dann und wann knackte ein Zweig; Blätter kamen gewirbelt. Doch über dem Nebeldunst und dem Rauch war eine Insel von Blau – blassem Blau, reinem Blau – die einzige am Himmel. Und in der unschuldigen Luft hüpfte und hopste, als hätte er sich allein weggestohlen wie ein Cherub, der Glockenklang von einem fernen, verborgenen Kirchturm und verhallte. Und dann stiegen wieder die Raketen hoch, die rötlichvioletten Fasane. Immer wieder flogen welche auf. Immer wieder knallten die Flinten; formten sich die Rauchtuffs, lockerten sich, zergingen. Und die geschäftigen kleinen Hunde liefen, die Nase am Boden, flink über die Felder; und die warmen, feuchten Leiber, noch schlaff und weich wie in einer Ohnmacht, wurden zusammengebündelt von den Männern in Ledergamaschen und auf den Karren geworfen.

»So!« stieß Milly Masters hervor, die Haushälterin, und legte die Brille hin. Auch sie nähte, aber in dem kleinen, dunkeln Zimmer, das auf den Stallhof sah. Der Sweater, der grobwollene Sweater für ihren Sohn, den Jungen, der die Kirche sauberhielt, war fertig. »Der wär's!« murmelte sie. Dann hörte sie die Räder des Karrens knarren. Sie sprang auf.

Die Hände an ihrem Haar, ihrem kastanienbraunen Haar, stand sie im Hof, im Wind. »Bin schon da!« rief sie lachend, und die Narbe auf ihrer Wange verlängerte sich. Sie entriegelte die Tür zur Wildpretkammer, während Wing, der Heger, den Karren über das Katzenkopfpflaster kutschierte. Die Fasane waren jetzt tot, ihre Klauen fest gekrümmt, obgleich sie nichts umkrümmten. Die lederartigen Lider waren grau über die Augen gefältelt. Mrs. Masters, die Haushälterin, Wing, der Heger, nahmen Bündel der toten Vögel beim Genick und warfen sie auf die Schieferfliesen der Wildpretkammer. Der Schieferboden wurde schmierig und fleckig von Blut. Die Fasane sahen jetzt kleiner aus, als wären ihre Leiber geschrumpft. Dann hob Wing das Hinterende des Karrens und trieb die Stifte ein, die die Rückwand festhielten. Die Innenseite des Karrens klebte voller graublauer Federn. Und der Boden war von Blut beschmiert und befleckt, aber er war leer.

»Die letzten von diesen da!« Milly Masters lachte breit, als der Karren wegfuhr.

»Es ist aufgetragen, Ma'am«, sagte der Butler. Er wies auf den Tisch; er winkte dem Bedienten. Die Schüssel mit dem silbernen Deckel wurde genau dahin gestellt, wohin er deutete. Sie warteten, der Butler und der Bediente.

Miss Antonia legte den weißen Florstoff über den Arbeitskorb; und tat die Nähseide weg; den Fingerhut; stach ihre Nadel in ein Stückchen Flanell; und hängte den Kneifer an einen Haken vorn an ihrem Kleid. Dann stand sie auf.

»Lunch!« schrie sie der alten Miss Rashleigh ins Ohr. Eine Sekunde später streckte die alte Miss Rashleigh ihr Bein aus; umklammerte ihren Stock; und stand auch auf. Die beiden alten Frauen schritten langsam zum Tisch; und von dem Butler und dem Bedienten wurde ihnen der Sessel zurechtgerückt und schön bequem unter den Tisch geschoben, der einen an diesem Ende, der andern an jenem. Der Silberdeckel wurde abgehoben. Und da lag der Fasan, federnlos, feucht schimmernd; die Schenkel eng an die Seiten gedrückt; mit Häufchen gerösteter Brotkrümel um ihn herum.

Miss Antonia zog mit fester Hand das Vorschneidemesser durch die Fasanenbrust. Sie schnitt zwei Schnitten ab und legte sie auf einen Teller. Geschickt schwuppte der Bediente ihn ihr aus der Hand, und die alte Miss Rashleigh hob ihr Besteck. Schüsse ertönten im Wald unterhalb des Fensters.

»Schon hier?« fragte die alte Miss Rashleigh, die Gabel in der Luft.

Die Äste an den Bäumen im Park schwangen und schaukelten.

Sie schob einen großen Bissen Fasan in den Mund. Fallende

Blätter schnellten gegen die Fensterscheibe; ein oder zwei blieben kleben.

»Im Hauswald jetzt«, sagte Miss Antonia. »Hugh hat den verspielt ... Da schießen sie noch.« Sie zog das Messer durch die andre Seite der Fasanenbrust. Sie tat Kartoffeln und Bratensaft, Sprossenkohl und Brotsauce methodisch in einem Kreis um die Schnitten auf ihrem Teller. Der Butler und der Bediente standen wachsam, wie Aufwärter bei einem Festmahl. Die beiden alten Damen aßen schweigend; und sie beeilten sich auch nicht; methodisch aßen sie den Fasan kahl. Nur Knochen blieben auf ihren Tellern übrig. Dann stellte der Butler die Karaffe vor Miss Antonia hin und wartete einen Augenblick mit gesenktem Kopf.

»Geben Sie her, Griffith!« sagte Miss Antonia, nahm das Gerippe mit den Fingern und warf es dem Spaniel unter dem Tisch zu. Der Butler und der Bediente verneigten sich und gingen.

»Kommen näher«, sagte Miss Rashleigh lauschend. Der Wind wurde stärker. Ein brauner Schauer erschütterte die Luft; Blätter flogen, zu schnell, um kleben zu bleiben. Die Scheiben in den Fenstern ratterten.

»Sind unruhig bei solchem Wind, die Fasanen; stehn zu früh auf«, nickte Miss Antonia, dem Blättergewirbel zusehend.

Die alte Miss Rashleigh schenkte sich ein. Während sie beide schlürften, bekamen ihre Augen einen Lüster wie ins Licht gehaltene Halbedelsteine. Schieferblau waren Miss Rashleighs; Miss Antonias dunkel wie der Portwein. Und während sie tranken, schienen ihre Spitzen und ihre Falbeln sich zu plustern, als wären ihre Körper warm und lässig schlaff unter ihrem Gefieder.

»Es war an einem Tag wie heute, erinnerst dich?« sagte die alte Miss Rashleigh, ihr Glas befingernd. »Sie brachten ihn heim – Kugel durchs Herz. Eine Brombeerranke, so sagten sie. Gestolpert. Fuß verfangen ...« Sie kicherte kehlig und schlürfte ihren Wein.

»Und John ...« sagte Miss Antonia. »Die Stute, so sagten sie, geriet mit dem Fuß in ein Loch. Starb, wo er stürzte. Die Jagd über ihn hinweg. Auch er kam heim auf einem Türladen ...« Wieder tranken sie einen Schluck.

»Erinnerst dich an Lily?« fragte die alte Miss Rashleigh. »Schlechte Person.« Sie schüttelte den Kopf. »Ritt mit einer scharlachroten Quaste an ihrem Reitstock.«

»Angefault bis ins Herz!« rief Miss Antonia.

»Erinnerst dich an den Brief des Obersts, den Vater erhielt? ›Ihr Sohn ritt, als hätte er zwanzig Teufel im Leib – attackierte an der Spitze seiner Leute. Dann hat einer dieser weißen Teufel‹ – ha, ja!« Sie trank einen Schluck.

»Die Männer unsres Hauses ...« begann Miss Rashleigh wieder. Sie hob ihr Glas. Sie hielt es hoch, als tränke sie der Meerjungfrau zu, der gipsernen über dem Kamin. Sie verstummte. Die Schrotflinten knallten. Etwas knackte in der Täfelung. Oder war es eine Ratte hinter dem Gips?

»Immer Weiber ...« Miss Antonia nickte. »Die Männer unsres Hauses ... Lucy, weiß und rosig, unten in der Mühle – erinnerst dich?«

»Und Ellens Tochter in der ›Geiß und Sichel‹«, fügte Miss Rashleigh hinzu.

»Und das Mädel beim Schneider«, murmelte Miss Antonia, »wo Hugh seine Reithosen machen ließ, in dem kleinen, finstern Laden auf der rechten Seite ...«

»... der jeden Winter überschwemmt war.«

»Er ist *sein* Sohn«, Miss Antonia lachte glucksend und neigte sich zu ihrer Schwester vor, »der Junge, der die Kirche sauberhält.«

Krach! Ein Dachschiefer war durch den Rauchfang herabgefallen. Das große Scheit war entzweigesprungen. Gipssplitter fielen von dem Wappenschild über dem Kamin.

»Alles fällt«, kicherte die alte Miss Rashleigh. »Alles verfällt.«

»Und wer«, fragte Miss Antonia, die Gipsstückchen auf dem Teppich anblickend, »wer soll's bezahlen?«

Krähend wie zwei alte Säuglinge, gleichgültig, unbekümmert, lachten die beiden; gingen zum Kamin hinüber und schlürften dort ihren Portwein vor der Holzasche und den Gipsstückchen, bis jedes der Gläser nur noch einen Tropfen, einen rötlichvioletten, auf seinem Grund enthielt. Und von dem wollten sich die beiden nicht trennen, so schien es; denn sie tändelten mit ihren Gläsern, während sie nebeneinander vor der Asche saßen; aber sie hoben sie nicht an die Lippen.

»Milly Masters«, begann die alte Miss Rashleigh, »sie ist unsres Bruders . . .«

Ein Schuß knallte unter dem Fenster. Er durchschnitt den Faden, der den Regen hielt. Herunter kam er, herunter, herunter, herunter, in geraden Stäben, die an die Fenster schlugen. Das Licht schwand von dem Teppich. Das Licht schwand auch aus den Augen der beiden, die lauschend vor der weißen Asche saßen. Ihre Augen wurden wie Kiesel, aus dem Wasser genommene; graue Steine, getrocknet und matt geworden. Und ihre Hände krümmten sich, ihre Hände krümmten sich wie Klauen toter Vögel, welche nichts umkrümmen. Und sie schrumpelten, als wären ihre Körper in den Kleidern geschrumpft.

Dann hob Miss Antonia ihr Glas der Meerjungfrau entgegen. Es war der letzte Tropfen; sie trank ihn. »Kommt schon«, krächzte sie und stellte ihr Glas heftig hin. Unten schlug eine Tür zu. Dann noch eine. Und noch eine. Füße waren zu hören, wie sie trampelnd und doch schlurrend den Gang entlang auf das Zimmer zukamen.

»Immer näher!« Miss Rashleighs Grinsen entblößte ihre drei gelben Zähne.

Die hohe Tür sprang auf. Herein sausten drei große Hetzhunde und standen keuchend da. Dann latschte der Gutsherr selber herein, in seinen abgetragenen Gamaschen. Die Hunde drängten sich um ihn, stießen ihn mit dem Kopf, schnüffelten an seinen Taschen, stürmten dann vorwärts. Sie rochen den Bratendunst. Der Boden des Zimmers wellte sich wie ein windgepeitschter Forst von den Schwänzen und Rücken der großen stöbernden Hunde. Sie beschnüffelten den Tisch; sie bepfoteten das Tischtuch. Dann, mit einem wilden wiehernden Winseln, stürzten sie sich auf den kleinen goldbraunen Spaniel, der unter dem Tisch an dem Fasangerippe nagte.

»Gott verdamm euch!« brüllte der Gutsherr, aber seine Stimme klang schwächlich, als schriee er gegen den Wind. »Gott verdamm euch! Verdamm euch!« schrie er, jetzt seine Schwestern verwünschend.

Miss Antonia und Miss Rashleigh standen auf. Die großen Hunde hatten den Spaniel gepackt. Sie zerrten und schüttelten ihn, sie bissen ihn mit ihren großen gelben Zähnen. Der Gutsherr schwang eine geknotete Lederpeitsche dahin und dorthin, fluchte auf die Hunde, fluchte auf die Schwestern mit seiner so laut und doch so schwächlich klingenden Stimme. Bei dem einen Hieb wickelte sich die Peitsche um die Vase mit den Chrysanthemen und riß sie zu Boden. Ein andrer traf die alte Miss Rashleigh an der Wange. Die taumelte rückwärts, stieß mit dem Kopf gegen den Kaminsims. Ihr Stock, hochschwingend, schlug an das Schild über dem Kamin. Sie fiel mit einem dumpfen Aufschlag in die Asche. Das Wappen der Rashleighs stürzte krachend von der Wand. Unter der Meerjungfrau, unter den Speeren lag sie begraben.

Der Wind peitschte die Fensterscheiben; Schüsse knatterten im Park, und ein Baum stürzte. Und dann geriet König Eduard in dem Silberrahmen ins Gleiten, fiel um und stürzte auch.

Der graue Nebeldunst in dem Abteil hatte sich verdichtet. Er hing wie ein Schleier; er schien die vier Reisenden in den Ecken sehr weit voneinander zu entfernen, wenngleich sie tatsächlich so nahe beisammen waren, wie ein Abteil dritter Klasse sie einander bringen konnte. Die Wirkung war seltsam. Die hübsche, obzwar schon ältliche, die gut, obzwar etwas schäbig gekleidete Frau, die auf irgendeinem kleinen Bahnhof in Mittelengland eingestiegen war, schien ihre Gestalt verloren zu haben. Ihr Körper war ganz zu Nebel geworden. Nur ihre Augen glommen, veränderten sich, lebten ganz für sich allein, so schien es; Augen ohne einen Körper, Augen, welche etwas nicht Sichtbares sahen. Aus der nebeligen Luft leuchteten sie hervor, bewegten sich, so daß sie in der Grabesatmosphäre – die Fenster waren trüb, die Lampen mit einer Aura von Nebel umgeben – tanzenden Lichtern glichen, Irrlichtern, welche, wie die Leute sagen, sich in Kirchhöfen über den Gräbern ruheloser Schläfer zeigen. Ein unsinniger Einfall? Bloße Phantasie! Doch schließlich – da es nichts gibt, was nicht irgendeinen Bodensatz hinterläßt, und Erinnerung ein Licht ist, das im Geist tanzt, wenn die Wirklichkeit begraben ist, – warum sollten diese Augen da, die glimmenden, sich bewegenden, nicht der Geist einer Familie sein, eines Zeitalters, einer ganzen Kultur, der über ihrem Grab tanzte?

Der Zug verlangsamte die Fahrt. Lampenmaste standen da; wurden gefällt; standen abermals da, als der Zug in den Bahnhof glitt. Lichter strahlten. Und die Augen in der Ecke? Sie waren geschlossen. Vielleicht war das Licht zu stark. Und selbstverständlich wurde es in dem vollen Glast der

Bahnhofslampen deutlich – sie war eine ganz gewöhnliche, ziemlich ältliche Frau, die irgendeines gewöhnlichen Geschäfts wegen nach London fuhr – wegen etwas, das mit einer Katze oder einem Pferd oder einem Hund zu tun hatte. Sie stand auf, langte nach ihrem Handkoffer und nahm die Fasane aus dem Gepäcknetz. Aber hatte sie nicht doch, als sie die Tür des Abteils öffnete und ausstieg, im Vorbeikommen »Tschjack, tschjack!« gemurmelt?

Lappin und Lapinowa

Nun waren sie getraut. Der Hochzeitsmarsch erklang. Die Tauben flatterten. Kleine Jungen in Etonjacken warfen Reiskörner; ein Foxterrier spazierte über den Weg; und Robert Thorburn führte seine Braut zum Wagen, mitten durch das neugierige Häuflein ganz fremder Leute, das sich in London immer ansammelt, um andrer Menschen Glück oder Unglück zu genießen. Gewiß, er sah stattlich aus und sie schüchtern. Noch mehr Reiskörner wurden geworfen, und der Wagen fuhr davon.

Das war am Dienstag gewesen. Jetzt war es Samstag. Rosalind mußte sich erst daran gewöhnen, Mrs. Robert Thorburn zu sein. Vielleicht würde sie sich nie daran gewöhnen, daß sie Mrs. Robert Irgendwer war, dachte sie, während sie im Erker des Hotels saß, über den See und auf die Berge blickte und wartete, daß ihr Mann zum Frühstück herunterkomme. Es war schwierig, sich an den Namen Robert zu gewöhnen. Es war nicht der Name, den sie gewählt hätte. Ihr wäre Timothy oder Algernon oder Percy lieber gewesen. Er sah auch gar nicht aus wie Robert. Der Name erinnerte an das Albert-Denkmal, an Mahagonianrichten, an Stahlstiche des Prinzgemahls mit seiner Familie – kurzum an das Speisezimmer ihrer Schwiegermutter in der Porchester Terrace.

Doch hier kam er. Gott sei Dank, er sah nicht wie Robert aus – nein. Aber wie sah er aus? Sie blickte ihn von der Seite an. Na ja, wenn er Röstbrot aß, sah er aus wie ein Kaninchen. Nicht, daß sonst jemand eine Ähnlichkeit mit einem so kleinen und scheuen Geschöpf in dem schmucken, muskulösen jungen Mann mit der geraden Nase, den blauen

Augen und dem sehr energischen Mund hätte sehen können. Aber das machte es nur desto belustigender. Seine Nase zuckte ein wenig, wenn er aß. Und das tat auch die Nase ihres zahmen Kaninchens. Sie beobachtete weiter, wie seine Nase zuckte. Und dann mußte sie, als er sie dabei ertappte, daß sie ihn so ansah, erklären, warum sie lachte.

»Weil du wie ein Kaninchen aussiehst, Robert«, antwortete sie. »Ein wildes Kaninchen«, setzte sie, ihn anblickend, hinzu. »Eins, das jagen geht; ein Kaninchenkönig. Ein Kaninchen, das allen andern Kaninchen Gesetze gibt.«

Robert hatte nichts dagegen, diese Art von Kaninchen zu sein, und da es ihr Spaß machte, seine Nase zucken zu sehen – er hatte bisher nicht gewußt, daß die zuckte, – zuckte er nun absichtlich mit der Nase. Und sie lachte und lachte; und auch er lachte, so daß alle die unverheirateten ältlichen Damen und der Herr, der immer angeln ging, und der Schweizer Kellner in seiner fettigen schwarzen Jacke es alle errieten: die zwei waren sehr glücklich. Doch wie lange dauere ein solches Glück? fragten sie sich alle; und ein jedes beantwortete das gemäß den eignen Lebensumständen.

Um die Mittagszeit, als sie beide im Heidekraut am Ufer des Sees saßen, fragte Rosalind: »Salat, Kaninchen?« und hielt ihm eins der Salatblätter hin, die ihnen zu den harten Eiern mitgegeben worden waren. »Komm und friß mir aus der Hand!« fügte sie hinzu, und er streckte den Oberkörper vor, knabberte an dem Salatblatt und zuckte mit der Nase.

»Braves Kaninchen, liebes Kaninchen«, sagte sie und streichelte ihn, wie sie ihr zahmes Kaninchen daheim immer gestreichelt hatte. Aber das war lächerlich. Er war kein zahmes Kaninchen, was immer er war. Sie wendete es ins Französische: »*Lapin!*« Aber was immer er war, er war kein französisches Kaninchen. Er war einfach und ausschließlich englisch – war in der Porchester Terrace geboren, in Rugby in der Internatschule gewesen, und war jetzt Staatsbeamter Seiner Majestät. Also versuchte sie es das nächste Mal mit »Häschen«; aber das war noch schlimmer. »Häschen« paßte auf jemand Dicklichen und Weichen und Komischen; er war mager und sehnig und ernst. Dennoch, seine Nase zuckte. »Lappin«, rief sie plötzlich und tat einen kleinen Aufschrei, als hätte sie genau das Wort gefunden, das sie gesucht hatte.

»Lappin, Lappin, König Lappin«, wiederholte sie. Es schien genau auf ihn zu passen; er war nicht Robert, er war König Lappin. Warum? Das wußte sie nicht.

Wenn es von nichts Neuem mehr zu reden gab auf ihren langen, einsamen Wanderungen – und es regnete, wie jedermann sie gewarnt hatte, daß es regnen werde; oder wenn sie abends vor dem Kaminfeuer saßen, denn es war kalt, – und die ältlichen unverheirateten Damen schlafen gegangen waren, und auch der angelnde Herr, und der Kellner nur erschien, wenn man ihm klingelte, – ließ sie ihre Phantasie spielen und die Stammesgeschichte der Lappins erfinden. Dabei – während sie nähte und er las – wurden die alle sehr wirklich, sehr lebendig, sehr unterhaltsam. Robert ließ die Zeitung sinken und half ihr. Es gab die schwarzen Kaninchen und die roten; die feindlich und die freundlich gesinnten. Es gab den Wald, in dem sie lebten, und außerhalb die angrenzenden Wiesen und das Moor. Und vor allem gab es König Lappin, der, weit davon, nur die eine Eigentümlichkeit zu haben, mit der Nase zu zucken, im Lauf der Tage zu einem Tier mit den ausgeprägtesten Charakterzügen wurde; sie begann immer neue Eigenschaften an ihm zu entdecken. Vor allem aber war er ein großer Jäger.

»Und was«, fragte sie am letzten Abend ihrer Flitterwochen, »hat der König heute unternommen?«

Tatsächlich waren sie den ganzen Tag in den Bergen umhergestiegen, und sie hatte sich eine Blase auf der Ferse zugezogen, aber das meinte sie nicht.

»Heute«, sagte Robert und zuckte mit der Nase, während er das Ende einer Zigarre abbiß, »hat er Jagd auf einen Hasen gemacht.« Er hielt inne; entzündete ein Streichholz und zuckte abermals mit der Nase. »Eine Häsin vielmehr«, fügte er hinzu.

»Eine weiße Häsin!« rief Rosalind, als hätte sie das erwartet. »Eine ziemlich kleine, silbergraue, mit großen hellen Augen?«

»Ja«, sagte Robert und sah sie an, wie sie ihn angesehen hatte, »ein schmächtiges Tierchen; mit vorstehenden Augen und zwei kleinen baumelnden Vorderpfoten.« Genau wie jetzt sie dasaß und die Näharbeit, die sie in der Hand hielt, baumeln ließ; und ihre Augen, die so groß und hell waren, standen tatsächlich ein wenig vor.

»Ah, Lapinowa«, murmelte sie.

»So heißt sie also?« fragte Robert. »Die wirkliche Rosalind?« Er sah sie an. Er fühlte, daß er sehr in sie verliebt war.

»Ja, so heißt sie«, sagte Rosalind. »Lapinowa.« Und bevor sie diesen Abend schlafen gingen, stand es alles fest. Er war König Lappin; sie Königin Lapinowa. Sie waren eins das Gegenteil des andern; er kühn und entschlossen; sie scheu und unverläßlich. Er herrschte über die geschäftige Welt der Kaninchen; die ihre war eine einsame, geheimnisvolle Gegend, die sie meist bei Mondlicht durchstreifte. Doch wie dem auch war, ihre Gebiete grenzten aneinander; sie waren König und Königin.

So besaßen sie, als sie aus den Flitterwochen zurückkamen, eine eigne Welt, welche, die eine weiße Häsin ausgenommen, bloß von Kaninchen bewohnt war. Niemand hatte eine Ahnung, daß es eine solche Gegend gab, und das machte es selbstverständlich nur desto unterhaltsamer. Es gab ihnen, sogar noch mehr als den meisten jungverheirateten Ehepaaren, das Gefühl, miteinander gegen die übrige Welt verbündet zu sein. Oft blickten sie einander verschmitzt an, wenn Leute von Kaninchen sprachen und von Wäldern und Fallen und Jagden. Oder sie blinzelten einander verstohlen über den Tisch zu, wenn Tante Mary sagte, sie vertrage es nicht, einen Hasen in einer Schüssel liegen zu sehen, – er gleiche gar zu sehr einem Kindchen in der Wiege; oder wenn John, Roberts sportlicher Bruder, ihnen erzählte, welchen Preis diesen Herbst in Wiltshire Kaninchen erzielten, Fell und alles inbegriffen. Manchmal, wenn die beiden einen Wildhüter brauchten oder einen Wilddieb oder einen Gutsherrn, verteilten sie spaßeshalber diese Rollen auf ihre Freunde und Verwandten. Mrs. Thorburn, Roberts Mutter, zum Beispiel, saß die Rolle des Gutsherrn wie angegossen. Doch worauf es ankam: es war alles geheim; niemand außer ihnen beiden wußte, daß es eine solche Welt gab.

Ohne diese Welt, wie hätte sie da überhaupt, so fragte sich Rosalind, diesen Winter überstehn können? Da war zum Beispiel diese Feier der goldenen Hochzeit gewesen, zu der alle Thorburns sich in der Porchester Terrace einfanden, um den fünfzigsten Jahrestag jener Verbindung zu feiern, jener so gesegneten – denn hatte sie nicht Robert Thorburn hervorgebracht? und so fruchtbaren – hatte sie nicht obendrein noch neun andre Söhne und Töchter hervorgebracht, viele von ihnen ebenfalls verheiratet und auch fruchtbar? Ihr bangte vor dieser Feier, aber die war unausweichlich. Während sie die Treppe hinaufging, wurde sie sich mit Bitterkeit bewußt, daß sie ein einziges Kind und noch dazu eine Waise war; nur ein Tropfen unter allen diesen Thorburns, die in dem großen Wohnzimmer mit der glänzenden Seidentapete und den schimmernden Familienporträts versammelt waren. Die lebenden Thorburns hatten große Ähnlichkeit mit den gemalten; nur daß sie, statt gemalter, wirkliche Lippen hatten, zwischen denen Späße über Schulerinnerungen und Jugendstreiche hervorkamen: wie sie damals der Gouvernante den Stuhl unter ihr weggezogen; wie sie ältlichen, unverheirateten Damen Frösche zwischen die jungfräulichen Betttücher getan hatten. Sie selbst hatte nie auch nur jemandem die Bettücher verknotet.

Ihr Geschenk in der Hand, ging sie auf ihre in gelbem Satin prangende Schwiegermutter zu; und auf ihren mit einer üppigen gelben Knopflochnelke geschmückten Schwiegervater. Ringsum, auf Tischen und Stühlen, lagen goldene Gaben; einige in Watte gebettet; andre sich funkelnd verzweigend – Kerzenleuchter; Zigarrenkästchen; Ketten; jedes Stück vom Goldschmied, aus solidem Gold, punziert, echt. Ihr Geschenk aber war nur ein Tombakbüchschen mit kleinen Löchern, ein altes Streusandgefäß aus dem 18. Jahrhundert, früher einmal dazu benützt, Sand über tintennasses Papier zu streuen. Eigentlich ein recht sinnloses Geschenk – so empfand sie – im Zeitalter des Löschpapiers; und als sie es überreichte, sah sie im Geist die gedrungenen schwarzen Schriftzüge, mit denen ihre Schwiegermutter ihr zur Verlobung geschrieben hatte, »ich hoffe, mein Sohn wird Dich glücklich machen«. Nein, sie war nicht glücklich. Gar nicht glücklich. Sie sah Robert an, der stocksteif dastand, mit einer Nase wie alle Nasen auf den Familienporträts; einer Nase, die überhaupt niemals zuckte.

Dann gingen sie zum Abendessen hinunter. Rosalind saß halb verdeckt von den riesigen Chrysanthemen, die ihre roten und goldgelben Blütenblätter zu großen, prallen Bällen kräuselten. Alles war golden. Eine goldgeränderte Karte mit verschlungenen goldenen Initialen zählte alle die Gerichte auf, die ihnen eins nach dem andern vorgesetzt werden würden. Sie tauchte ihren Löffel in einen Teller voll goldklarer Flüssigkeit. Der frostige weiße Nebel draußen war von den Lampen in ein goldmaschiges Geflecht verwandelt worden, das die Ränder der Teller verschwimmen ließ und den Ananasfrüchten eine rauhe, goldene Schale verlieh. Nur sie selbst, in ihrem weißen Hochzeitskleid, wie sie so mit ihren leicht vorstehenden Augen vor sich hinspähte, schien ein unschmelzbarer Eiszapfen zu sein.

Im Lauf der Mahlzeit jedoch begann das Zimmer vor Hitze zu dampfen. Den Männern standen Schweißtropfen auf der Stirn. Sie fühlte, daß ihr Eiszapfen zu Wasser wurde. Sie wurde geschmolzen, versprüht, in nichts aufgelöst; und würde alsbald ohnmächtig werden. Dann hörte sie durch das Gewoge in ihrem Kopf und das Getöse in ihren Ohren eine Frauenstimme ausrufen:

»Aber sie vermehren sich so!«

Die Thorburns – ja; sie vermehren sich so, wiederholte Rosalind im stillen; sah der Reihe nach die runden roten Gesichter an, die sich verdoppelt zu haben schienen in der Schwindeligkeit, die sie empfand, und vergrößert in dem goldenen Nebel, von dem sie alle wie von Gloriolen umgeben waren. »Sie vermehren sich so!«

Dann schmetterte John: »Die kleinen Biester! . . . Gehören niedergeknallt! Mit den Stiefeln zertrampelt! Einzige Art, mit ihnen fertig zu werden . . . Kaninchen!«

Bei diesem Wort, diesem magischen Wort, lebte sie auf. Zwischen den Chrysanthemen hindurchspähend sah sie Roberts Nase zucken. Die wellte sich förmlich, ein Zucken nach dem andern lief über sie hin. Und da befiel eine geheimnisvolle Katastrophe die Thorburns. Die lange goldene Tafel wurde zu einem Hochmoor mit dem Ginster in voller Blüte; das Stimmengewirr wurde zum Gejubel einer Lerche vom Himmel herab, einem blauen Himmel – Wolken zogen langsam darüber hin. Und alle waren sie verwandelt –

die Thorburns. Rosalind blickte auf ihren Schwiegervater, einen kleinen Mann mit verstohlenem Gehaben und gefärbtem Schnurrbart. Er hatte eine Schwäche fürs Sammeln – Petschafte, Emaildöschen, Kleinigkeiten von Putztischen des 18. Jahrhunderts, die er vor seiner Frau in seinem Arbeitszimmer in Schubladen verbarg. Nun erkannte ihn Rosalind als das, was er war – ein Wilddieb, der sich davonstahl, die Manteltaschen vollgestopft mit Fasanen und Rebhühnern, um sie heimlich in seiner verräucherten Hütte in einen dreifüßigen Topf zu werfen. Das war ihr wirklicher Schwiegervater – ein Wilddieb! Und Celia, die unverheiratete Tochter, immer darauf aus, andrer Leute Geheimnisse auszuschnüffeln, die kleinen Nichtigkeiten, die sie zu verbergen suchten, – Celia war ein weißes Frettchen mit rosa Augen und einer von ihrem abscheulichen unterirdischen Schnuppern und Stöbern lehmverkrusteten Nase. In einem Netz von einer Männerschulter zu baumeln und in ein Erdloch hineingedrängt zu werden – ein jämmerliches Dasein, das Celia führte! Es war nicht ihre Schuld. So sah sie Celia eben. Und dann blickte sie auf ihre Schwiegermutter – der sie und Robert den Spitznamen »der Gutsherr« gegeben hatten. Derb erhitzt, tyrannisch – das alles war sie, wie sie so dastand und mit Danksagungen erwiderte; aber nun, da Rosalind – das heißt, Lapinowa – sie so sah, sah sie hinter ihr den verfallenen Familiensitz, den von den Mauern bröckelnden Verputz, und hörte, wie sie, mit einem Schluchzen in der Stimme, ihren Kindern (die sie haßten) für eine Welt dankte, die aufgehört hatte zu existieren. Es war plötzlich still geworden. Alle standen sie mit erhobenen Gläsern; alle tranken; dann war es vorbei.

»Ach, König Lappin«, rief Rosalind auf der Heimfahrt durch den Nebel, »wenn deine Nase nicht gezuckt hätte, grade in jenem Augenblick, hätte ich mich in der Falle gefangen!«

»So aber bist du heil und in Sicherheit«, sagte König Lappin und drückte ihr die Pfote.

»Ganz in Sicherheit«, erwiderte sie.

Und sie fuhren durch den Hyde Park heim, König und Königin der Wälder, des Nebels und des ginsterduftenden Hochmoors.

So verging die Zeit; ein Jahr; zwei Jahre. Und an einem Winterabend, zufällig dem Jahrestag der goldenen Hochzeit – aber Mrs. Thorburn war gestorben, das Haus in der Porchester Terrace war zu vermieten, und es wohnte nur ein Aufseher darin – kam Robert aus dem Amt zurück. Sie hatten ein nettes kleines Heim; den obern Teil eines Hauses über einer Sattlerwerkstatt in South Kensington, unweit der Station der Untergrundbahn. Es war kalt und nebelig, und Rosalind saß am Kaminfeuer und nähte.

»Was, glaubst du, hab' ich heute erlebt?« begann sie, sobald er es sich bequem gemacht hatte und die Beine zu dem lodernden Feuer hinstreckte. »Ich hüpfte grade über den Bach, da –«

»Was für einen Bach?« unterbrach Robert sie.

»Den Bach unten, wo unser Wäldchen an den schwarzen Forst grenzt«, erklärte sie.

Robert sah einen Augenblick lang völlig verständnislos drein. »Wovon, zum Kuckuck, sprichst du nur?« fragte er.

»Mein lieber Robert!« rief sie bestürzt. »König Lappin«, setzte sie hinzu und ließ ihre kleinen Vorderpfoten im Feuerschein baumeln. Aber seine Nase zuckte nicht. Ihre Hände – sie wurden wieder zu Händen – umklammerten das Stück Stoff, das sie hielt; die Augen traten ihr fast aus dem Kopf. Er brauchte mindestens fünf Minuten, um sich aus Robert Thorburn in König Lappin zu verwandeln; und während sie wartete, empfand sie einen dumpfen Druck auf dem Genick, als ob es ihr jemand umdrehen wollte. Endlich hatte er sich in König Lappin verwandelt; seine Nase zuckte; und sie verbrachten den Abend, die Wälder durchstreifend, nicht viel anders als gewöhnlich.

Aber sie schlief schlecht. Mitten in der Nacht erwachte sie mit einem Gefühl, als wäre etwas Sonderbares mit ihr geschehen. Ihre Glieder waren steif und durchkältet. Endlich knipste sie das Licht an und blickte auf Robert da neben ihr. Er schlief fest; er schnarchte. Aber seine Nase blieb, obgleich er schnarchte, völlig still; sie sah aus, als hätte sie überhaupt nie gezuckt. War es möglich, daß das wirklich Robert und sie wirklich mit Robert verheiratet war? Eine Vision des schwiegermütterlichen Speisezimmers tauchte vor ihr auf; und dort saßen sie beide, sie und Robert, alt geworden, unter den Stahlstichen, vor der Mahagonianrichte . . . Es war der Tag ihrer goldenen Hochzeit. Sie konnte es nicht ertragen.

»Lappin, König Lappin«, flüsterte sie, und einen Augenblick lang schien seine Nase von selbst zu zucken. Aber er schlief weiter. »Wach auf, Lappin, wach auf!« rief sie.

Robert erwachte, und als er sie so kerzengerade neben sich sitzen sah, fragte er: »Was ist los?«

»Ich hab' geglaubt, mein Kaninchen ist tot!« wimmerte sie.

Er wurde ärgerlich. »Rede doch keinen solchen Unsinn, Rosalind!« sagte er. »Leg dich hin und schlaf!«

Er drehte sich auf die andre Seite. Gleich danach war er fest eingeschlafen und schnarchte.

Sie aber konnte nicht schlafen. Sie lag zusammengerollt auf ihrer Betthälfte wie ein Hase in seinem Lager. Sie hatte das Licht gelöscht, doch die Straßenlaterne erhellte die Zimmerdecke mit einem schwachen Schein, und die Bäume breiteten ein Spitzenmuster darüber, als wäre dort ein schattiger Hain, in dem sie umherwanderte, hierhin, dorthin, ein und aus, rundum und rundum, einer Fährte auf der Spur, selber aufgespürt, und das Gekläff der Meute und Hörnerschall hörte; fliehend, flüchtend ... bis das Dienstmädchen die Vorhänge öffnete und den Frühtee brachte.

An diesem Tag vermochte sie bei keiner Beschäftigung zu bleiben. Ihr war, als hätte sie etwas verloren. Sie hatte das Gefühl, ihr Körper sei geschrumpft; sei kleiner geworden und schwarz und hart. Auch ihre Gelenke schienen steif geworden zu sein, und wenn sie in den Spiegel blickte, was sie mehrmals tat, während sie in der Wohnung hin und her ging, schienen ihr die Augen aus dem Kopf zu quellen wie Rosinen in einer Kuchenschnecke. Auch die Zimmer schienen geschrumpft zu sein. Riesige Möbelstücke standen in wunderlichem Winkel vor, und immer wieder stieß sie sich an ihnen. Zuletzt setzte sie einen Hut auf und ging aus. Sie ging die Cromwell Road entlang; und jedes Zimmer, in das sie im Vorbeigehn hineinspähte, schien ein Eßzimmer zu sein, wo Leute bei Tisch saßen, mit Stahlstichen und schweren gelben Spitzenvorhängen und massiven Mahagonianrichten. Endlich war sie beim Naturhistorischen Museum; als Kind war sie gern darin gewesen. Aber das erste, was sie nun erblickte, als sie hineinging, war ein ausgestopfter Hase mit rosa Glasaugen auf nachgeahmtem Schnee. Sein Anblick ließ sie durch und durch erschauern. Vielleicht würde es besser, sobald es dämmerte. Sie ging heim und setzte sich, ohne Licht zu machen, ans Kaminfeuer und versuchte sich vorzustellen, sie sei allein draußen auf einem Hochmoor; und neben ihr eile ein Bach dahin; und jenseits des Bachs stehe ein dunkler Wald. Aber sie konnte nicht hinüber. Endlich duckte sie sich am Ufer ins feuchte Gras und saß, in dem Stuhl zusammengekauert, da und ließ die Hände leer herabbaumeln; und ihre Augen glitzerten im Feuerschein wie Glasaugen. Dann ertönte der Knall einer Flinte ... Sie fuhr auf, als wäre sie getroffen. Es war nur Robert, der die Wohnungstür aufschloß. Sie wartete zitternd. Er trat ein und machte Licht. Da stand er, hochgewachsen, stattlich, und rieb sich die von der Kälte geröteten Hände.

»Du sitzt im Dunkeln?«

»Ach, Robert, Robert!« rief sie aufspringend.

»Na, was ist jetzt wieder los?« fragte er scharf und begann sich die Hände am Feuer zu wärmen.

»Lapinowa ...« stammelte sie und sah ihn mit ihren großen, erschrockenen Augen verstört an. »Sie ist weg, Robert. Sie ist mir davon!«

Robert runzelte die Stirn. Er preßte die Lippen aufeinander. »So, also das ist's –« sagte er und lächelte seine Frau fast grimmig an. Zehn Sekunden lang stand er schweigend so da. Und sie wartete, fühlte, wie zwei Hände immer enger ihr Genick umklammerten.

»Tja«, sagte er endlich, »arme Lapinowa ...« Er zog sich den Schlips vor dem Spiegel über dem Kaminsims zurecht. »In einer Falle gefangen«, sagte er, »getötet«, und setzte sich und begann die Zeitung zu lesen.

Das also war das Ende dieser Ehe.

Feste Gegenstände

Das einzige, was sich auf dem riesigen Halbrund des Strands bewegte, war dieser eine kleine schwarze Fleck. Als er näher an die Rippen und das Rückgrat des gestrandeten Pilchardboots herankam, wurde an einer gewissen Verschmälerung seiner Schwärze kenntlich, daß dieser Fleck vier Beine besaß; und mit jedem Augenblick wurde deutlicher, daß er aus den Körpern zweier junger Männer bestand. Sogar so, als Schattenriß gegen den Sand, war eine unverkennbare Lebhaftigkeit in ihnen; eine unbeschreibliche Kraftfülle darin, wie sich ihre Körper einander näherten und wieder von einander entfernten, so gering die Bewegungen auch waren, welche einen heftigen Streit verkündeten, der aus den winzigen Mündern der kleinen runden Köpfe hervordrang. Bei genauerem Hinsehen wurde das durch wiederholtes Schwingen eines Spazierstocks rechter Hand bestätigt. »Willst du mir damit etwa sagen ... Du glaubst tatsächlich ...« so schien der Spazierstock auf der rechten, den Wellen nähern Seite zu bekräftigen, indem er lange, gerade Striche in den Sand ritzte.

»Zum Teufel mit der Politik!« kam es vernehmlich aus dem Körper zur Linken hervor, und als diese Worte geäußert wurden, zeigten sich die Münder, Nasen, Kinne, Schnurrbärtchen, Tweedmützen, derben Schuhe, Sportröcke und karierten Strümpfe der beiden immer deutlicher; aus ihren Pfeifen stieg Rauch in die Luft; nichts war, auf Meilen und Meilen von Meer und Sandhügeln, so fest, so lebendig, so hart, so rötlich behaart und männlich wie diese zwei Körper.

Sie warfen sich bei den sechs Rippen und dem Rückgrat des schwarzen Pilchardboots auf den Boden. Man kennt das ja, wie der Körper sich von einem Meinungsstreit freizuschütteln scheint und sich gleichsam entschuldigt für eine aufgeregte Stimmung; sich hinwirft und in der Lockerheit dieser Haltung eine Bereitwilligkeit ausdrückt, etwas Neues aufzugreifen – was immer es sein mag, das sich als nächstes darbietet.

So begann nun Charles, dessen Spazierstock eine gute halbe Meile weit den Sandstrand geritzt hatte, flache Schieferstückchen über die Oberfläche des Wassers hüpfen zu lassen; und John, der ausgerufen hatte: »Zum Teufel mit der Politik!«, begann mit den Fingern tief, tief im Sand zu wühlen. Während seine Hand weiter und weiter eindrang, bis übers Gelenk, so daß er den Ärmel ein wenig höher lüpfen mußte, verloren seine Augen ihre Intensität, oder vielmehr, der Hintergrund von Gedanken und Erfahrungen, welcher den Augen Erwachsener eine unerforschliche Tiefe gibt, verschwand und ließ nichts andres übrig als nur die klare, durchsichtige Oberfläche, welche bloß dieses Staunen ausdrückt, das die Augen kleiner Kinder sehen lassen. Kein Zweifel, das Wühlen im Sand hatte etwas damit zu tun. Er erinnerte sich, daß dabei nach einer kleinen Weile das Wasser rund um die Fingerspitzen heraufquillt; das Loch wird dann ein Burggraben; ein Brunnen; eine Quelle; ein geheimer Kanal zum Meer. Während er noch überlegte, welches dieser Dinge er daraus machen solle, und seine Finger weiter im Wasser arbeiten ließ, krümmten sie sich um etwas Hartes – einen prallen Tropfen fester Materie – und lockerten allmählich einen großen unregelmäßigen Klumpen und brachten ihn an die Oberfläche. Als der sandige Überzug weggewischt war, kam eine grüne Tönung zum Vorschein. Es war ein Klumpen Glas, so dick, daß er fast undurchsichtig war. Die abschleifende Tätigkeit des Meers hatte jede Kante oder Form geglättet, so daß sich unmöglich sagen ließ, ob er Flasche, Trinkgefäß oder Fensterscheibe gewesen war; er war nichts als Glas; er war fast ein Edelstein. Man brauchte ihn nur in einen Goldreif zu fassen oder ihn mit einem Draht zu durchbohren, und er wurde zum Juwel; Teil einer Halskette oder ein mattgrünes Licht auf einem Finger. Vielleicht war es am Ende wirklich ein Schmuckstück; etwas, das eine dunkelhäutige Prinzessin getragen hatte, die ihren Finger durchs Wasser gleiten ließ, während sie im Heck des Boots saß und dem Gesang der Sklaven zuhörte, die sie über die Bucht ruderten. Oder die eichenen Seitenwände einer gesunkenen elisabethanischen Schatztruhe waren geborsten, und um und um und um und um gerollt, waren ihre Smaragde endlich ans Ufer gelangt.

John wendete den Klumpen in den Händen hin und her; er hielt ihn ins Licht; er hielt ihn so, daß die unregelmäßige Masse den Körper und den ausgestreckten Arm seines Freunds verdeckte. Das Grün verdünnte oder verdickte sich ein wenig, je nach dem es gegen den Himmel oder gegen den Körper gehalten wurde. Das gefiel ihm; es war ihm rätselhaft. Es war ein so harter, so konzentrierter, so fest umrissener Gegenstand, verglichen mit dem unruhigen Meer und dem dunstigen Ufer.

Ein Seufzer störte ihn auf – ein tiefer, endgültiger, der ihn gewahren ließ, daß sein Freund Charles alle flachen Steine in Reichweite geschleudert hatte oder zu dem Schluß gekommen war, es sei nicht der Mühe wert, sie zu schleudern. Sie aßen, nebeneinander sitzend, ihre Sandwiches. Als sie damit fertig waren, die Krümel abschüttelten und aufstanden, ergriff John den Glasklumpen und betrachtete ihn schweigend. Auch Charles betrachtete ihn. Aber er sah sogleich, daß der nicht flach war, und während er sich die Pfeife füllte, sagte er, mit dieser Energie, die einen törichten Gedankengang verabschiedet:

»Um darauf zurückzukommen, was ich vorhin sagte –«

Er sah nicht, und wenn er es gesehen hätte, hätte er es kaum bemerkt, daß John, nachdem er den Klumpen einen Augenblick lang wie zögernd betrachtet hatte, ihn in seine Tasche gleiten ließ. Auch dieser Impuls war vielleicht ein solcher, der ein Kind dazu treibt, auf einem mit Kieseln bestreuten Weg einen von ihnen aufzulesen und ihm ein Dasein in Wärme und Geborgenheit auf dem Kaminsims des Kinderzimmers zu versprechen, entzückt von dem Gefühl der Macht und Güte, welches durch eine solche Handlung erweckt wird, und in dem Glauben, daß das Herz des Steins wohl vor Freude hüpfen mag, wenn er sich aus einer Million seinesgleichen auserwählt sieht, nun diese Seligkeit zu genießen, statt ein Leben voll Kälte und Nässe auf der Landstraße zu führen. »Es hätte so leicht irgendein andrer dieser Millionen von Kieseln sein können, aber ich bin's, ich, ich, ich!«

Ob dieser Gedanke John im Sinn lag oder nicht, der Glasklumpen bekam seinen Platz auf dem Kaminsims, wo er gewichtig auf einem kleinen Stapel von Rechnungen und Briefen lag und nicht nur als ein vortrefflicher Briefbeschwerer diente, sondern auch als ein natürlicher Halteplatz für die Augen des jungen Mannes, wenn sie von seinem Buch abschweiften. Wieder und wieder, nur halb bewußt, von einem Geist betrachtet, der an etwas andres denkt, vermischt sich jeder Gegenstand so gründlich mit dem Gedankenstoff, daß er seine tatsächliche Form verliert und sich ein wenig anders neu zusammensetzt, zu einer idealen Gestalt, die uns im Hirn spukt, wenn wir es am wenigsten erwarten. So sah sich John von den Schaufenstern der Kuriositätenläden angezogen, wenn er spazierenging, und zwar bloß, weil er irgend etwas sah, das ihn an den Glasklumpen erinnerte. Irgend etwas, wenn es nur ein mehr oder weniger runder Gegenstand war, vielleicht mit einer tief in seine Masse eingesunkenen ersterbenden Flamme, irgend etwas – aus Porzellan, Glas, Bernstein, Kristall, Marmor – sogar das glatte ovale Ei eines prähistorischen Vogels konnte das. Er gewöhnte sich an, die Augen auf den Boden gerichtet zu halten, besonders in der Nähe von Stellen, wo die Haushaltsabfälle hingeschafft werden. Solche Gegenstände fanden sich da oft – weggeworfene, niemand zu etwas nütze, formlose, ausrangierte. Nach ein paar Monaten hatte er vier oder fünf Exemplare gesammelt, welche einen Platz auf dem Kaminsims einnahmen. Sie waren auch nützlich, denn ein Mann, als Parlamentskandidat aufgestellt und auf der Schwelle einer brillanten Karriere, muß eine ganze Menge Schriftstücke in Ordnung halten – Ansprachen an Wähler, Parteiprogramme, Aufforderungen zu Beiträgen, Einladungen zu Festessen und dergleichen.

Eines Tags, als er seine Junggesellenwohnung im Temple verließ, um einen Zug zu erreichen, weil er in seinem Bezirk eine Wahlrede zu halten hatte, fiel sein Blick auf einen bemerkenswerten Gegenstand, der halb verborgen auf einem dieser schmalen Rasenstreifen lag, die den Sockel großer, der Rechtsprechung dienender Gebäude einfassen. Er konnte ihn nur mit der Spitze seines Stocks zwischen den Stäben des Gitters hindurch berühren; aber er konnte sehen, daß es ein Stück Porzellan von höchst bemerkenswerter Gestalt war, so sehr einem Seestern ähnlich wie nur irgend etwas – mit fünf geformten oder durch Bruch zufällig entstandenen unregelmäßigen aber unverkennbaren Zacken. Die Färbung war hauptsächlich blau, aber von grünen Streifen oder Flekken überlagert, und karminrote Linien gaben ihr eine Üppigkeit und einen Glanz von höchst anziehender Art. John war entschlossen, das Ding zu besitzen; doch je mehr er hinstieß, desto weiter entwich es. Zuletzt war er gezwungen, in seine Wohnung zurückzugehn und eine am Ende eines längern Stocks befestigte Drahtschlinge zu improvisieren, mittels der er, dank großer Vorsicht und Geschicklichkeit, das Stück Porzellan schließlich in Reichweite seiner Hand zog. Als er es ergriff, tat er einen Ausruf des Triumphs. In diesem Augenblick schlug die Uhr. Es war ganz ausgeschlossen, daß er seine Verabredung einhalten könnte. Die Wählerversammlung müßte ohne ihn stattfinden; aber wie war das Stück Porzellan zu dieser bemerkenswerten Form zerbrochen? Eine sorgfältige Untersuchung beseitigte jeden Zweifel daran, daß die Sternform zufällig war, was das Ganze noch seltsamer machte, und es schien unwahrscheinlich, daß noch ein zweites solches Stück existierte. Auf den Kaminsims getan, auf das dem ausgegrabenen Glasklumpen entgegengesetzte Ende, sah es wie das Geschöpf einer andern Welt aus – grotesk und phantastisch wie ein Harlekin. Es schien durch den Weltraum zu pirouettieren und ein blinkendes Licht auszustrahlen wie ein launenhaft leuchtender Stern. Der Gegensatz zwischen dem so lebhaften und muntern Stück Porzellan und dem so stummen, besinnlichen Stück Glas faszinierte ihn, und voller Verwunderung und Staunen fragte er sich, wie es komme, daß die zwei in derselben Welt existierten, und gar auf demselben schmalen Marmorbord in demselben Zimmer. Die Frage blieb unbeantwortet.

Er begann nun, immer wieder die Stätten aufzusuchen, die am ergiebigsten an zerbrochenem Porzellan sind, wie etwa die Streifen von Ödland zwischen Eisenbahngeleisen, Grundstücke, wo Häuser abgerissen worden waren, und Gemeindeanger in der Nähe von London. Aber Porzellan wird nicht oft aus großer Höhe weggeworfen; das ist eine der seltensten menschlichen Handlungen. Man muß da schon ein sehr hohes Haus ausfindig machen und eine Frau von so ungehemmter Impulsivität und leidenschaftlicher Unbekümmertheit, daß sie einen Krug oder Topf glatt aus dem Fenster wirft, ohne daran zu denken, ob unten jemand ist. Zerbrochenes Porzellan fand sich massenhaft, aber nur bei irgendeinem kleinen häuslichen Mißgeschick unabsichtlich zerbrochenes und charakterloses. Dennoch war er oft erstaunt und begann sich eingehender mit dem Problem der ungeheuern Mannigfaltigkeit der Formen zu befassen, die schon allein in London zu finden war; und noch mehr Grund sich zu wundern und Vermutungen anzustellen, lag in den Unterschieden von Qualität und Dekor. Die schönsten Stücke nahm er dann mit heim und stellte sie auf den Kaminsims, wo es immer mehr ihre Aufgabe wurde, Ziergegenstände zu sein, denn der Papiere, die eines Beschwerers bedurften, wurden immer weniger.

Er vernachlässigte vielleicht seine Pflichten oder erfüllte sie geistesabwesend, oder seine Wähler erhielten, wenn sie ihn aufsuchten, einen ungünstigen Eindruck durch das Aussehen seines Kaminsimses. Wie dem auch war, er wurde nicht gewählt, um sie im Parlament zu vertreten, und sein Freund Charles, der sich das sehr zu Herzen nahm und zu ihm eilte, um ihm sein Mitgefühl zu bezeigen, traf ihn so wenig durch die Katastrophe niedergeschlagen an, daß er nur vermuten konnte, es sei eine zu ernste Sache, als daß John ihren Ernst sogleich begreife.

Die Wahrheit zu sagen, war John an diesem Tag auf dem Gemeindeanger von Barnes gewesen, und hier, unter einem Ginsterbusch, hatte er ein höchst bemerkenswertes Stück Eisen gefunden: fast von derselben Gestalt wie der Glasklumpen, massiv und kugelig, aber so kalt und schwer, so schwarz und metallisch, daß es offensichtlich der Erde fremd war und seinen Ursprung in einem erloschenen Stern hatte oder selber ein zu Schlacke verbrannter Mond war. Es zog seine Tasche nach unten; es wuchtete auf dem Kaminsims; es strömte Kälte aus. Und doch lag der Meteorit auf demselben Sims wie der Glasklumpen und das sternförmige Stück Porzellan.

Wenn er die Augen von einem zum andern gleiten ließ, peinigte ihn eine Entschlossenheit, Exemplare zu besitzen, welche diese sogar noch überträfen. Er widmete sich der Suche nach solchen immer hartnäckiger. Wäre er nicht von seinem Ehrgeiz verzehrt und überzeugt gewesen, daß eines Tags ein neuentdeckter Abfallhaufen ihn belohnen werde, hätten ihn die Enttäuschungen, die er erlitt, gar nicht zu reden von Mühsal und Bespöttelt werden, wohl schon bewogen, seine Suche aufzugeben. Ausgerüstet mit einem Sack und einem langen, mit einem verstellbaren Haken versehenen Stock, plünderte er alle Schuttablagerungen; stöberte unter verfilztem Gewirr von Strauchwerk; suchte in allen Durchgängen und Zwischenräumen zwischen Mauern, wo weggeworfene Gegenstände dieser Art zu finden er zu erwarten gelernt hatte. Da sein Maßstab immer strenger und sein Geschmack immer anspruchsvoller wurde, kam es zu unzähligen Enttäuschungen, aber immer wieder lockte ihn ein Hoffnungsschimmer, ein merkwürdig abgeschlagenes oder gebrochenes Stück Porzellan oder Glas. So vergingen die Tage. Er war nicht mehr jung. Seine Laufbahn – das heißt, seine politische Laufbahn – gehörte der Vergangenheit an. Man ließ davon ab, ihn zu besuchen. Er war zu schweigsam, um einer Einladung zum Abendessen wert zu sein. Er sprach nie zu irgendwem von seinen ernsten, ehrgeizigen Bestrebungen; der Mangel an Verständnis für sie war bei allen aus ihrem Benehmen offenkundig.

Soeben lehnte er sich im Sessel zurück und sah Charles zu, wie der die Stücke auf dem Kaminsims ein dutzendmal aufhob und nachdrücklich wieder hinstellte, um zu markieren, was er grade über das Vorgehn der Regierung sagte, ohne daß er das Vorhandensein dieser Dinge auch nur ein einzigesmal bemerkte.

»Was war der wahre Grund, John?« fragte Charles plötzlich, sich ihm zuwendend, und sah ihn an. »Was hat dich bewogen, es alles so aufzugeben, von einer Sekunde zur andern?«

»Ich habe es nicht aufgegeben«, antwortete John.

»Aber du hast jetzt nicht die Spur einer Chance mehr«, sagte Charles grob.

»Da bin ich nicht deiner Meinung«, entgegnete John mit Überzeugung. Charles sah ihn an und war zutiefst beunruhigt. Die außerordentlichsten Zweifel befielen ihn; er hatte ein wunderliches Gefühl, daß sie von ganz Verschiedenem redeten. Um etwas zu finden, was seine schreckliche Niedergeschlagenheit erleichtern würde, blickte er umher, aber das unordentliche Aussehen des Zimmers bedrückte ihn nur noch mehr. Was sollte dieser lange Stock dort und die alte Kanevasreisetasche an der Wand? Und dann diese Dinger hier? Als er John ansah, versetzte ihn etwas Starres und Geistesabwesendes in dessen Miene in heftige Besorgnis. Er wußte nur zu gut, daß schon das bloße Erscheinen seines Freundes auf einer Rednertribüne gar nicht mehr in Frage kam.

»Hübsche Dinger diese da«, sagte er, so munter er konnte; und mit der Bemerkung, daß er eine Verabredung einzuhalten habe, verließ er John – für immer.

Die Dame im Spiegel

Eine Reflexion

Leute sollten keine Spiegel in ihren Räumen hängen haben, ebensowenig wie sie Scheckbücher herumliegen lassen sollten oder Briefe, in denen ein schreckliches Verbrechen gestanden wird. Man konnte einfach nicht anders an diesem Sommernachmittag, man mußte in den langen Spiegel blikken, der draußen in der Halle hing. Der Zufall hatte es so eingerichtet. Aus den Tiefen des Sofas im Wohnzimmer war dort in dem venezianischen Spiegel, außer dem Tischchen mit der Marmorplatte ihm gegenüber, auch ein Stück Garten dahinter zu erblicken. Man konnte einen langen Rasenweg sehen, der zwischen Böschungen hoher Blumen bis dorthin führte, wo der Goldrahmen ihn schräg abschnitt.

Niemand war im Haus, und man kam sich, weil man die einzige Person im Wohnzimmer war, wie diese Naturforscher vor, die mit Gras und Blättern zugedeckt daliegen und, selber ungesehen, die scheuesten Tiere beobachten – Dachse, Ottern, Eisvögel – wie sie sich frei umherbewegen. Das Zimmer war heute nachmittag voll von solchen scheuen Geschöpfen, von Lichtern und Schatten, von wehenden Vorhängen, abfallenden Blütenblättern – Dingen, die, scheint es, nie geschehen, wenn jemand hinsieht. Das stille alte Zimmer in dem Landhaus, mit seinen kleinen Teppichen und steinernen Kaminumrahmungen, seinen in die Wände eingelassenen Bücherfächern und rot und goldenen Lackschränkchen, war voll solcher nächtiger Wesen. Sie kamen über den Fußboden einherpirouettiert, zierlich den einen hochgehobnen Fuß vor den andern setzend, Räder schlagend und andeutend mit dem Schnabel pickend, als wären sie Kraniche oder Schwärme eleganter Flamingos, deren Rosa verblichen, oder Pfaue, deren Schleppe silberig umschleiert war. Und es entstanden auch unerklärliche Trübungen und Verdunkelungen, als hätte ein Tintenfisch plötzlich die Luft mit Violett durchflutet; und über das Zimmer zogen seine Leidenschaften und Zornesausbrüche und Eifersüchteleien und Kümmernisse und verdüsterten es, als wäre es ein menschliches Wesen. Nichts blieb auch nur zwei Sekunden lang wie es war.

Draußen in der Halle aber reflektierte der Spiegel das Tischchen, die Sonnenblumen, den Gartenweg so genau und unverändert, daß sie dort unentrinnbar in ihrer Wirklichkeit festgehalten zu sein schienen. Es war ein seltsamer Gegensatz – hier alles Veränderung, dort alles Regungslosigkeit. Man konnte es nicht unterlassen, von der einen zur andern zu blicken. Unterdessen war, da alle Türen und Fenster bei dieser Hitze weit offen standen, ein stetes Seufzen und Verhauchen vernehmbar, die Stimme des Unbeständigen und Vergänglichen, so schien es, die kam und ging wie der Atem eines Menschen, während im Spiegel die Dinge aufgehört hatten zu atmen und regungslos im Bannschlaf der Unsterblichkeit lagen.

Vor einer halben Stunde war die Herrin des Hauses, Isabella Tyson, den Gartenweg entlanggegangen, in ihrem leichten Sommerkleid, einen Korb in der Hand, und war verschwunden, weggeschnitten von dem Goldrand des Spiegels. Vermutlich war sie in den tiefer gelegenen Teil des Gartens gegangen, um Blumen zu pflücken; oder, was anzunehmen natürlicher schien, um etwas Leichtes und Phantastisches und Blätteriges und Herabhängendes zu pflücken, einen Clematiszweig etwa oder eine dieser eleganten Windenranken, die an unschönen Mauern emporklettern und da und dort in weiße und violette Blüten aufbrechen. Sie selbst gemahnte an etwas Phantastisches und eher an die schwankende Winde als an die aufrechte Aster, die steifleinene Zinnie oder an ihre brennroten Rosen, die gleich Laternen auf Pfählen von den geraden hohen Stämmen leuchteten. Der Vergleich zeigte, wie ungemein wenig man, nach allen diesen Jahren, über sie wußte; denn es ist doch unmöglich, daß eine Frau aus Fleisch und Blut, eine Frau von Fünfundfünfzig oder Sechzig, tatsächlich ein Blumengewinde oder eine Ranke sein sollte. Solche Vergleiche sind nicht nur müßig und oberflächlich – sie sind sogar grausam, denn sie schieben sich, schwankend wie die Windenranke selbst, zwischen unsre Augen und die Wahrheit. Es muß irgendwo die Wahrheit geben; es muß irgendwo eine Mauer geben. Doch es war seltsam, daß man, nach allen diesen Jahren der Bekanntschaft, nicht hätte sagen können, was die Wahrheit über Isabella war; immer noch erdachte man Phrasen wie diese von der Winde und der Clematis. Und was die Tatsachen betraf: es war Tatsache, daß sie nicht geheiratet hatte; daß sie reich war; daß sie dieses Haus gekauft und eigenhändig – oft in den entlegensten Winkeln der Welt und giftige Insektenstiche und orientalische Krankheiten riskierend – die Teppiche, die Stühle, die Schreibschränke gesammelt hatte, die jetzt ihr nächtiges Leben hier vor einem lebten. Manchmal schien es, als wüßten die mehr über sie, als uns, die wir auf ihnen saßen, an ihnen schrieben und so behutsam über sie hinschritten, zu wissen gestattet war. In jedem dieser Schränkchen gab es viele kleine Laden, und jede enthielt fast ganz gewiß Briefe, mit Bändern umwickelt und mit Lavendelzweiglein oder Rosenblättern dazwischen. Denn es war auch – wenn einen nach solchen gelüstete – eine Tatsache, daß Isabella viele Menschen gekannt und zu Freunden gehabt hatte; und so hätte man, wäre man unverfroren genug gewesen, eine Lade zu öffnen und die Briefe zu lesen, die Spuren vieler Aufregungen gefunden, vieler verabredeter Stelldichein, vieler Vorhaltungen, weil sie sich nicht eingestellt hatte; vertrauliche und herzliche Briefe, ungestüme Briefe voller Eifersucht und Vorwürfe, schreckliche, endgültige Worte des Voneinandergehns – denn alle die Verabredungen und Stelldichein hatten zu nichts geführt, das heißt, sie hatte nicht geheiratet, und doch hatte sie, nach der maskenhaften Teilnahmslosigkeit ihres Gesichts zu schließen, zwanzigmal soviel leidenschaftliche Erlebnisse gehabt, als Menschen, deren Liebesaffären in alle Welt posaunt werden. Beim Grübeln über Isabella wurde einem ihr Zimmer immer schattenhafter und symbolhafter; die Winkel schienen dunkler zu werden, die Beine der Stühle und Tische spindeliger und hieroglyphischer.

Plötzlich aber wurde allen diesen Reflexionen gewaltsam und doch lautlos ein Ende gemacht. Eine schwarze Gestalt erschien in dem Spiegel, löschte alles übrige aus, warf einen Stoß marmorner, rosa und grau geäderter Täfelchen auf den Tisch und war verschwunden. Doch das Bild war jetzt ein völlig anderes. Für den Augenblick war es nicht wiederzuerkennen und irrational und ganz unscharf geworden. Diese Täfelchen ließen sich zu keinem menschlichen Zweck in Beziehung setzen. Und dann, allmählich, begann ein logischer Vorgang sich mit ihnen zu beschäftigen, sie zu ordnen und einzureihen und sie in den Bereich allgemeiner Erfahrung zu rücken. Man begriff endlich, daß sie einfach nur Briefe waren. Der Briefträger hatte die Post gebracht.

Dort lagen sie, auf der Marmorplatte des Tischchens, zuerst triefend von Licht und Farbe, roh und wie Fremdkörper. Und gleich darauf war es seltsam zu sehen, wie sie einbezogen und eingeordnet und ein Teil des Bildes wurden und ihnen diese Ruhe und Unsterblichkeit gewährt wurde, die der Spiegel allem verlieh. Sie lagen dort mit einer neuen

Wirklichkeit und Bedeutung ausgestattet, und auch mit mehr Gewicht, als würde es eines Meißels bedürfen, um sie von dem Tischchen loszulösen. Und, Einbildung oder nicht, sie schienen nicht bloß eine Handvoll zufälliger Briefe, sondern Täfelchen geworden zu sein, in die die ewige Wahrheit eingegraben war, – hätte man sie lesen können, man hätte alles über Isabella, ja, und auch über das Leben gewußt. Die Briefbogen in diesen marmorn aussehenden Umschlägen mußten mit Bedeutungsvollem tief geritzt und dicht beschrieben sein. Isabella würde hereinkommen und sie an sich nehmen, sehr bedächtig, einen nach dem andern, und sie öffnen und sorgsam Wort für Wort lesen, und dann würde sie mit einem tiefen Seufzer des Verstehens, als hätte sie allem bis auf den Grund geblickt, die Umschläge in Stückchen reißen und die Briefe zusammenbinden und in eine Lade des Schränkchens verschließen, mit der festen Absicht, zu verheimlichen, was sie niemand wissen lassen wollte.

Dieser Gedanke war eine Herausforderung. Isabella wollte nicht, daß man sie kenne, – nun aber durfte sie einem nicht mehr entkommen. Es war absurd, es war ungeheuerlich! Wenn sie so viel verbarg und so viel wußte, mußte man sie mit dem erstbesten Werkzeug, das einem zur Hand kam, aufbrechen – mit der Vorstellungskraft. Man mußte seine Gedanken unverzüglich ganz auf sie konzentrieren. Man mußte sie da festklammern. Man durfte sich nicht mehr mit solchem Gerede und Getue, wie der Augenblick es hervorbrachte, abspeisen lassen – mit Besuchen und Bewirtung und höflichem Geplauder. Man mußte sich in sie hineinversetzen, mußte sozusagen in ihre Schuhe schlüpfen. Und wenn man die Redensart wörtlich nahm, war es leicht, sich die Schuhe vorzustellen, in denen sie, in dem tiefer gelegenen Teil des Gartens, eben jetzt dastand. Es waren sehr schmale und lange und modische Schuhe – sie waren aus dem weichsten und schmiegsamsten Leder verfertigt. Wie alles, was sie trug, waren sie exquisit. Und sie stünde bei der hohen Hecke in dem tiefer gelegenen Teil des Gartens und höbe die Blumenschere, die sie um die Taille hängen hatte, um eine welke Blüte abzuschneiden, einen überlangen Zweig. Die Sonne schiene ihr aufs Gesicht, in die Augen; aber nein, im kritischen Augenblick würde ein Wolkenschleier die Sonne bedecken, so daß man des Ausdrucks ihrer Augen nicht recht sicher wäre – ob spöttisch oder zärtlich, strahlend oder trüb. Man könnte nur die unbestimmten Umrisse ihres schon etwas verblühten, feingeschnittenen Gesichts erkennen, wie sie so zum Himmel aufblickte. Sie überlegte vielleicht, ob sie ein neues Netz für die Erdbeeren bestellen solle; ob sie Johnsons Witwe Blumen schicken müßte; und ob es nicht an der Zeit sei, zu den Hippesleys hinüberzufahren und sie in ihrem neuen Haus zu besuchen. Das jedenfalls waren die Dinge, von denen sie bei Tisch sprach. Aber man hatte die Dinge, von denen sie bei Tisch sprach, satt. Wie es unter der Oberfläche mit ihr stand, das war's, was man erhaschen und in Worte fassen wollte: den Zustand, der fürs Gemüt war, was das Atmen für den Körper; das, was man Glücklichsein oder Unglücklichsein nennt. Wenn man diese Wörter gebrauchte, wurde einem klar, daß sie ganz gewiß glücklich sein mußte. Sie war reich; sie besaß Eigenart; sie hatte viele Freunde; sie reiste – sie kaufte Teppiche in der Türkei und blaue Töpfe in Persien. Genußvolle Alleen strahlten nach allen Richtungen von dort aus, wo sie mit erhobener Schere stand, um die schwankenden Zweige abzuschneiden, während das Spitzengewebe der Wolken ihr Gesicht überschleierte.

Jetzt schnippte sie mit einer schnellen Bewegung die Clematisranke ab, und die fiel zu Boden. Als sie fiel, fiel sicherlich auch etwas Licht ein; sicherlich konnte man etwas tiefer in ihr Wesen eindringen. Ihr Gemüt war also von Zärtlichkeit und Bedauern erfüllt ... Eine überlange Ranke abzuschneiden stimmte sie wehmütig, denn die war vorher lebendig gewesen, und alles Leben war ihr teuer. Ja, und gleichzeitig würde die herabfallende Ranke sie daran gemahnen, daß auch sie sterben müsse, und an die Vergeblichkeit und Vergänglichkeit von allem. Und dann wieder, diesen Gedanken mit ihrem schnellen Hausverstand rasch aufgreifend, dachte sie, daß das Leben es gut mit ihr gemeint hatte; auch wenn sie fallen müßte, würde sie doch auf dem Erdreich liegen und lieblich in die Wurzeln von Veilchen modern. So stand sie da und sann. Ohne irgendeinen Gedanken genau zu formen – denn sie gehörte zu diesen zurückhaltenden Menschen, deren Geist seine Gedanken in Wolken von Schweigen gehüllt hält, – war sie von Gedanken erfüllt. Ihr Gemüt glich ihrem Zimmer, wo Lichter hervorkamen und zurückwichen, einherpirouettierten und zierlich dahinschritten, ein Rad schlugen, sich mit pickenden Schnäbeln ihren Weg suchten; und dann, abermals wie ihr Zimmer, wurde ihr Wesen von einer Wolke tiefster Erkenntnis durchflutet, von irgendeinem unausgesprochenen Bedauern; und dann wieder bestand sie aus lauter verschlossenen, mit Briefen vollgestopften Laden, wie ihre Schränkchen. Davon zu reden, sie ›aufzubrechen‹ wie eine Auster, andre als die leichtesten und feinsten und biegsamsten Werkzeuge an ihr zu versuchen, war frevelhaft und absurd. Man mußte sich vorstellen – doch da war sie selbst jetzt, dort in dem Spiegel. Das ließ einen zusammenfahren.

Sie war zuerst so weit weg, daß man sie nicht genau sehen konnte. Sie kam lässig und öfters innehaltend näher, richtete dort eine Rose auf und zog da eine Nelke zu sich heran, um an ihr zu riechen; aber sie blieb nicht stehn; und die ganze Zeit wurde sie im Spiegel größer und größer und immer mehr zu der Person, in deren Gemüt einzudringen man sich geplagt hatte. Man überprüfte sie gleichsam nach und nach – paßte die Eigenschaften, die man entdeckt hatte, diesem sichtbaren Körper ein. Da waren ihr graugrünes Kleid und ihre länglichen Schuhe, ihr Korb und etwas Glitzerndes an ihrem Hals. So ganz allmählich kam sie näher, daß sie die Konfiguration im Spiegel nicht sehr zu stören, sondern nur ein neues Element hineinzubringen schien, das auf sehr sanfte Weise die andern Dinge verschob und sie veränderte, als bäte es die höflich, ihr Platz zu machen. Und die Briefe und das Tischchen und der Rasenweg und die Sonnenblumen, die im Spiegel gewartet hatten, rückten auseinander und zur Seite, damit sie unter sie aufgenommen werden konnte. Endlich war sie hier, in der Halle. Sie blieb stehn. Sie stand vor dem Tischchen. Sie stand ganz still. Sogleich begann der Spiegel ein Licht über sie auszugießen, das sie unveränderlich zu machen schien; das, wie eine Säure, alles Unwesentliche und Oberflächliche wegzuätzen und nur die Wahrheit übrig zu lassen schien. Es war ein Schauspiel, das einen völlig gefangennahm. Alles fiel von ihr ab –Wolken, Kleid, Korb, Diamanten – alles, was man die Clematis und die Windenranke genannt hatte. Hier kam die harte Mauer zum Vorschein. Hier endlich war sie selbst. Sie stand nackt in dem unbarmherzigen Licht. Und es war nichts da. Isabella war völlig leer. Sie hatte keine Gedanken. Sie hatte keine Freunde. Ihr lag an niemand. Und ihre Briefe – alle nur Rechnungen. Schau, als sie dort stand, alt und eckig, geädert und gefurcht, mit ihrer hochrückigen Nase und ihrem runzeligen Hals, nahm sie sich nicht einmal die Mühe, sie zu öffnen.

Leute sollten keine Spiegel in ihren Räumen hängen haben.

Der Juwelier und die Herzogin

Oliver Bacon hatte eine Wohnung im obersten Stockwerk eines Hauses, das an den Green Park stieß. Lehnstühle standen im genau richtigen Winkel zur Wand – mit Leder überzogene Lehnstühle. Sofas füllten die Fensternischen – mit Gobelinstoff überzogene Sofas. Die Fenster, die drei hohen Fenster, hatten die genau richtig bemessenen diskreten Stores und Seidendamastvorhänge. Das Mahagonibuffet wölbte sich diskret um die richtigen Kognak-, Whisky- und Likörmarken. Und durch das Mittelfenster sah er auf die spiegelnden Dächer eleganter Limousinen hinab, die sich durch den Engpaß von Piccadilly drängten. Man konnte sich keine zentralere Lage vorstellen. Und jeden Morgen um acht brachte ihm ein Kammerdiener Frühstück und Post auf einem Servierbrett; legte ihm seinen dunkelroten Schlafrock zurecht. Er selbst schlitzte mit langem, spitz zugefeiltem Nagel die Briefe auf und zog dicke weiße Einladungskarten hervor, auf denen spürbar erhaben die Namen von Herzoginnen, Vicomtessen, Gräfinnen und ehrenwerten Ladys standen. Dann verzehrte er seine Scheiben Röstbrot; dann wusch er sich; dann las er vor der hellen Glut elektrischer Kohlen die Zeitung.

»Sieh nur, Oliver«, sagte er, oft zu sich selbst, »du, der du in einem schmutzigen Gäßchen dein Leben begonnen hast, du, der ...« und betrachtete dabei seine Beine, die in der untadeligen Hose so wohlgeformten; seine Schuhe; seine Gamaschen. Alles an ihm war wohlgeformt, spiegelblank; war aus den feinsten Stoffen von den erstklassigsten Scheren der Savile Row zugeschnitten. Aber er entschälte sich oft und wurde wieder der kleine Junge in dem dunkeln Gäßchen. Einst hatte er das für seinen höchsten Ehrgeiz gehalten – gestohlene Hunde in Whitechapel an Modedamen zu verkaufen. Und einmal war er geprellt worden. »Ach, Oliver«, hatte seine Mutter gejammert, »wann wirst du endlich vernünftig werden, mein Sohn?« ... Dann hatte er hinter einem Ladentisch gestanden; hatte billige Uhren verkauft; und einmal hatte er ein Ledertäschchen nach Amsterdam gebracht... Bei dieser Erinnerung mußte er leise vor sich hinlachen – der alte Oliver, der sich an den jungen erinnerte. Ja, mit den drei Brillanten hatte er ein gutes Geschäft gemacht; und dann diese Provision für den Smaragd. Danach war er in das Privatkontor hinter dem Laden in Hatton Garden gelangt; in das Zimmer mit der Waage, dem feuerfesten Schrank, den dicken Vergrößerungsgläsern. Und dann ... und dann ... Er lachte glucksend. Wenn er an einem warmen Spätnachmittag zwischen den Knäueln von Juwelieren hindurchschritt, die sich über Preise unterhielten, über Goldminen, Diamanten, Berichte aus Südafrika, mochte wohl einer von ihnen, der ihn vorbeigehn sah, den Finger an die Nase legen und ein »Hmhm« murmeln. Es war nicht mehr als ein Gemurmel; nicht mehr als ein heimliches Anstoßen mit der Schulter, ein an die Nase gelegter Finger, ein Flüstern, das an so einem Nachmittag durch die Gruppen der Juweliere von Hatton Garden lief, – ach, das war jetzt viele Jahre her! Aber immer noch spürte es Oliver wie ein wohliges Schnurren das Rückgrat hinab, das heimliche Anstoßen, das Geflüster, das besagen wollte: »Seht ihn nur – den jungen Oliver, den jungen Juwelier – dort geht er.« Damals war er jung gewesen. Und er hatte sich immer besser gekleidet; und zuerst, da hatte er ein Hansom gehabt; später ein Automobil; und zuerst, da hatte er oben im ersten Rang gesessen, später unten im Parkett. Und ihm gehörte eine Villa in Richmond, mit Aussicht auf die Themse, mit Spalieren roter Rosen; und jeden Morgen hatte Mademoiselle eine gepflückt und sie ihm ins Knopfloch gesteckt.

»Na ja«, sagte Oliver Bacon, aufstehend und die Beine streckend. »Na ja ...«

Und er blieb vor dem Bild einer alten Frau über dem Kaminsims stehn und hob die Hände. »Ich habe Wort gehalten«, sagte er und legte die Hände zusammen, Handfläche an Handfläche, als huldigte er ihr. »Ich habe meine Wette gewonnen.« Das stimmte; er war der reichste Juwelier Englands; doch seine Nase, die lang und biegsam war wie der Rüssel eines Elefanten, schien mit diesem seltsamen Beben der Nasenflügel (aber es war, als bebte die ganze Nase, nicht nur die Nasenflügel) anzudeuten, daß er selber noch nicht befriedigt war; daß er noch immer irgend etwas witterte, etwas unter der Erde, ein Stückchen weiter weg. Man stelle sich einen riesigen Eber auf einer Weide vor, wo es sehr viele Trüffeln gibt; nachdem er diese und jene Trüffel hervorgescharrt hat, wittert er eine noch größere, noch schwärzere unter der Erde, ein Stückchen weiter weg. So witterte Oliver in dem fetten Boden von Mayfair immer noch eine Trüffel, eine noch schwärzere, noch größere, ein Stückchen weiter weg.

Nun also steckte er die Perlennadel in seiner Krawatte zurecht; zog seinen eleganten blauen Ulster an; langte nach den gelben Handschuhen und dem Spazierstock; und schwankte ein wenig hin und her, während er die Treppe hinunterging; und halb schnüffelte und halb seufzte er durch seine lange spitze Nase, als er dann auf Piccadilly hinauskam. Denn war er nicht noch immer ein trauriger, ein unzufriedener Mann, ein Mann, der etwas Verborgenes suchte, obwohl er seine Wette gewonnen hatte?

Er schwankte ein wenig im Gehn, wie das Kamel im Zoo hin und her schwankt, wenn es sonntagnachmittags die

Asphaltwege entlangschreitet, beladen mit Krämern und ihren Frauen, die aus Papiersäckchen essen und kleine, zusammengeknüllte Stückchen Silberpapiers wegwerfen. Das Kamel verachtet die Krämer; das Kamel ist unzufrieden mit seinem Los; das Kamel sieht vor sich den blauen See und den Saum von Palmen davor. Und so, schwankenden Schritts, ging der große Juwelier, der größte Juwelier der Welt, Piccadilly entlang, in seinem untadeligen Anzug, mit seinen Handschuhen, seinem Spazierstock; aber dennoch unzufrieden, bis er den dunklen kleinen Laden erreichte, der berühmt war in Frankreich, in Deutschland, in Österreich, in Italien und in ganz Amerika, – den dunklen kleinen Laden in der Seitengasse der Bond Street.

Wie gewöhnlich durchschritt er den Laden ohne ein Wort, an den vieren vorbei, an den beiden alten Männern, Marshall und Spencer, und den beiden jungen, Hammond und Wicks, die sehr aufrecht standen und ihn ansahen, ihn beneideten. Und nur mit einem Schwenken des Zeigefingers in dem bernsteinfarbenen Handschuh nahm er ihre Anwesenheit zur Kenntnis. Und er ging hinein und zog die Tür seines Privatkontors hinter sich zu.

Dann schloß er das Gitter vor dem Fenster auf. Die Rufe der Bond Street drangen herein; das leise Dröhnen des fernen Verkehrs. Licht schoß aus den Reflektoren außen an der Mauer herein. Der Baum vor dem Fenster winkte mit sechs grünen Blättern, denn es war Juni. Aber Mademoiselle hatte Mr. Pedder von der Brauerei in Richmond geheiratet – jetzt steckte ihm niemand mehr eine Rose ins Knopfloch.

»Na ja«, sagte er, halb seufzend, halb schnaufend, »na ja ...«

Dann berührte er eine Feder in der Wand, und langsam teilte sich die Täfelung, und dahinter waren die Tresorschränke, fünf, nein sechs im ganzen, aus brüniertem Stahl.

Er drehte einen Schlüssel; öffnete einen; dann noch einen. Ein jeder war mit tiefrotem Samt ausgekleidet; in jedem lagen Juwelen – Armbänder, Halsketten, Ringe, Diademe, Herzogskronen; ungefaßte Steine in Glasschälchen: Rubine, Smaragde, Brillanten, Perlen. Alle sicher geborgen, funkelnd, kühl und doch ewiglich von ihrem eigenen gesammelten Licht erglühend.

»Tränen!« sagte Oliver, die Perlen betrachtend.

»Herzblut!« sagte er, die Rubine betrachtend.

»Schießpulver!« sagte er und schüttelte die Brillanten, daß sie funkelten und glitzerten.

»Genug Schießpulver, um Mayfair in die Luft zu sprengen – himmelhoch, himmelhoch!« Er warf den Kopf zurück und stieß einen Laut wie das Wiehern eines Pferds aus, als er das sagte.

Das Telephon auf dem Schreibtisch surrte servil, mit gedämpfter Stimme. Er verschloß den Tresor.

»In zehn Minuten«, sagte er. »Nicht früher.« Und er setzte sich an seinen Schreibtisch und blickte auf die Imperatorenprofile, die in seine Manschettenknöpfe geschnitten waren. Und abermals entschälte er sich und wurde wieder der kleine Junge, der mit Marmeln spielte in dem Gäßchen, wo sonntags gestohlene Hunde verkauft wurden. Er wurde jener listig schlaue kleine Junge mit Lippen wie feuchte Kirschen. Er stocherte mit dem Finger in den aufgereihten Kutteln; tauchte ihn in Pfannen, in denen Fische gebacken wurden; er schlüpfte in dem Gedränge ein und aus. Er war schlank und geschmeidig, hatte Augen wie geleckte Kieselsteine. Und jetzt – jetzt – die Zeiger der Uhr tickten weiter, eins, zwei, drei, vier ... Die Herzogin von Lambourne wartete, daß er sie empfange; die Herzogin von Lambourne, die Tochter eines Hunderts Grafen. Sie würde zehn Minuten lang warten auf einem Stuhl vor dem Ladentisch. Sie würde warten, bis er sie empfinge. Sie würde warten, bis es ihm beliebte, mit ihr zu sprechen. Er blickte auf die Uhr in dem mit Chagrinleder überzogenen Gehäuse. Der Zeiger rückte weiter. Mit jedem Ticken reichte ihm die Uhr – so schien es ihm – Gänseleberpastete, ein Glas Champagner, ein andres mit feinem Kognak, eine Zigarre, die eine Guinee kostete. Die Uhr legte das alles neben ihn auf den Tisch, während die zehn Minuten vergingen. Dann hörte er leise, langsame Schritte sich nähern; ein Rascheln im Korridor. Die Tür ging auf. Hammond drückte sich flach an die Wand.

»Ihre Gnaden!« meldete er und wartete da, flach an die Wand gedrückt.

Und aufstehend konnte Oliver das Rascheln des Kleids der Herzogin hören, als sie durch den Korridor näherkam. Dann erschien sie in der Türöffnung, füllte die, füllte das ganze Zimmer mit dem Aroma, mit dem Prestige, der Arroganz, dem Pomp und Stolz aller Herzöge und Herzoginnen zu einer einzigen Woge geschwellt. Und wie eine Woge sich bricht, so brach sie, als sie sich setzte, plätschernd sich ausbreitend über Oliver Bacon, den großen Juwelier, herein, überschüttete ihn mit funkelnd schillernden Farben: Grün, Rosa, Violett; und mit Düften; mit Strahlen, die von Fingern schossen, von Federn nickten, von Seide sprühten; denn sie war sehr groß, sehr korpulent, in ein rosa Taftkleid eingezwängt und über ihre Blüte hinaus. Wie ein Sonnenschirm mit vielen Rüschen sich schließt, wie ein Pfau mit vielen Federn sein Gefieder faltet, so ließ sie sich in den lederbezogenen Armsessel sinken.

»Guten Morgen, Mr. Bacon«, sagte die Herzogin. Und sie streckte ihm die Hand hin, die durch den Schlitz ihres weißen Handschuhs hervorkam. Und Oliver verneigte sich tief, als er sie ergriff. Und als ihre Hände einander berührten, war das Band zwischen ihnen neu geschmiedet. Sie waren Freunde und doch Feinde; er war der Herr; sie die Herrin; jedes betrog das andre, jedes brauchte das andre, jedes fürchtete das andre; jedes fühlte und wußte das, wenn ihre Hände einander so berührten in dem kleinen Hinterzimmer mit dem reflektierten Licht und draußen dem Baum mit seinen sechs Blättern und in der Ferne dem Straßenlärm und hinter ihnen den Stahlschränken.

»Und heute, Herzogin, – womit kann ich Ihnen heute dienen?« fragte Oliver sehr weich.

Die Herzogin öffnete ihm ihr Herz, ihr innerstes Herz, öffnete es weit. Und mit einem Seufzer, aber wortlos, entnahm sie ihrem Handtäschchen einen länglichen rehledernen Beutel – er sah aus wie ein mageres gelbes Frettchen. Und aus einem Schlitz im Bauch des Frettchens ließ sie Perlen hervorrollen – zehn Perlen. Sie glitten aus dem Schlitz im Bauch des Frettchens – eine, zwei, drei, vier – gleich den Eiern eines himmlischen Vogels.

»Alles, was mir noch geblieben ist, lieber Mr. Bacon«, sagte sie kläglich. Fünf, sechs, sieben – hinab rollten sie, hinab über die riesigen Berghänge, die zwischen ihren Knieen zu einem schmalen Tal abfielen, – die achte, die neunte und die zehnte. Da lagen sie nun in dem warmen Schein des pfirsichblütenfarbenen Tafts. Zehn Perlen.

»Von dem Appleby-Kollier«, sagte sie wehmütig. »Die letzten ... die allerletzten.«

Oliver streckte die Hand aus und ergriff eine der Perlen mit Daumen und Zeigefinger. Sie war rund, sie schimmerte. Aber war sie echt oder falsch? Belog sie ihn abermals? Getraute sie sich das?

Sie legte den rundlich gepolsterten Zeigefinger an die Lippen. »Wenn der Herzog wüßte ...« flüsterte sie. »Lieber Mr. Bacon ... bißchen Pech gehabt ...«

Hatte sie wieder gespielt? War es das?

»Dieser Schuft! Dieser Schwindler!« zischte sie.

Der Mann mit dem abgesplitterten Backenknochen? Ein übler Geselle. Und der Herzog strikt und die Rechtschaffenheit selbst; trug noch Bartkoteletten. Er würde sie glatt enterben, sie dort unten auf dem Land eingesperrt halten, wenn er wüßte – was ich weiß, dachte Oliver und warf einen Blick auf den Tresor.

»Araminta, Daphne, Diana«, stöhnte die Herzogin. »Nur ihretwegen ...«

Die Ladys Araminta, Daphne, Diana – ihre drei Töchter. Er kannte sie; betete sie an. Aber Diana war die, die er liebte.

»Sie kennen alle meine Geheimnisse«, sagte sie mit einem beredten Blick. Tränen glitten, Tränen rollten herab; Tränen gleich Diamanten, die in den Furchen ihrer Kirschblütenwangen Puder mitrissen.

»Alter Freund,« murmelte sie, »alter Freund!«

»Alter Freund,« wiederholte er im stillen, »alter Freund«, als leckte er die Worte auf.

»Wieviel?« fragte er dann.

Sie verdeckte die Perlen mit der Hand.

»Zwanzigtausend«, flüsterte sie.

Aber war sie echt oder falsch, die eine, die er in der Hand hielt? Das Appleby-Kollier – hatte sie das denn nicht schon verkauft? Er würde Spencer oder Hammond klingeln. »Nehmen Sie die und prüfen Sie sie«, würde er sagen. Er streckte die Hand nach der Klingel aus.

»Sie kommen doch morgen zu uns hinunter?« unterbrach sie ihn drängend. »Der Premier – Seine Königliche Hoheit...« Sie hielt inne. »Und Diana...« setzte sie hinzu.

Oliver nahm die Hand von dem Klingelknopf.

Er sah an ihr vorbei auf die Hinterseiten der Häuser in der Bond Street. Aber er sah nicht die Häuser in der Bond Street, sondern einen sich kräuselnden Fluß; aufschnellende Forellen und Lachse; und den Premierminister; und sich selbst, in weißer Weste; und Diana. Er blickte auf die Perle in seiner Hand hinab. Aber wie konnte er sie prüfen beim Licht des Flusses, beim Licht der Augen Dianas? Doch die der Herzogin waren auf ihn gerichtet.

»Zwanzigtausend«, ächzte sie. »Meine Ehre...«

Die Ehre der Mutter Dianas! Er langte nach seinem Scheckbuch; zog seine Füllfeder hervor.

»Zwanzig –« schrieb er. Dann hielt er inne. Er fühlte die Augen der alten Frau auf sich, der alten Frau auf dem Bild, die Augen seiner Mutter.

»Oliver!« warnten die. »Sei vernünftig! Sei kein Narr!«

»Oliver!« beschwor ihn die Herzogin – diesmal nannte sie ihn »Oliver«, nicht »Mr. Bacon«. »Sie kommen doch auf ein langes Wochenende, nicht wahr?«

Allein mit Diana, allein mit ihr durch die Wälder zu reiten!

»– tausend«, ergänzte er und unterschrieb.

»Hier«, sagte er.

Da öffneten sich alle Falbeln des Sonnenschirms, alle Federn des Pfaus, das Schillern der Woge breitete sich aus, und es blinkten die Schwerter und Speere von Agincourt, als sie sich aus dem Sessel erhob. Und die beiden alten und die beiden jungen Männer, Spencer und Marshall, Wicks und Hammond, drückten sich flach an die Wand hinter dem Ladentisch und beneideten ihn, als er die Herzogin durch den Laden zur Tür begleitete. Und er schwenkte seinen gelben Handschuh vor ihren Gesichtern, und sie hielt ihre Ehre – einen Scheck für zwanzigtausend Pfund, von ihm unterschrieben, – mit festem Griff in der Hand.

»Sind sie falsch oder sind sie echt?« fragte sich Oliver, die Tür seines Privatkontors hinter sich schließend. Da lagen sie, die zehn Perlen, über das Fließpapier auf dem Tisch verstreut. Er trug sie zum Fenster. Er hielt sie unter der Lupe ins Licht... Das also war die Trüffel, die er hervorgescharrt hatte! Durch und durch faul – faul bis ins Innerste!

»Verzeih mir, Mutter!« seufzte er, die Hand hebend, als bäte er die alte Frau auf dem Bild um Vergebung. Und wieder war er der kleine Junge in dem Hintergäßchen, wo sonntags gestohlene Hunde verkauft wurden.

»Denn, siehst du«, murmelte er und legte die Handflächen aneinander, »es soll ein langes Wochenende werden.«

Augenblicke des Seins

»Slaters Spennadeln haben keine Spitzen«

»Slaters Spennadeln haben keine Spitzen – finden Sie das nicht auch immer?« sagte Miss Craye, sich halb herwendend, als die Nelke von Fanny Wilmots Kleid abfiel und Fanny, die Ohren noch voll von der Musik, sich bückte und auf dem Fußboden nach der Stecknadel suchte.

Die Worte verursachten ihr einen außerordentlichen Schock, während Miss Craye den Schlußakkord der Bachfuge anschlug. Ging Miss Craye also tatsächlich zu Slater und kaufte dort Stecknadeln? fragte sich Fanny Wilmot, für den Augenblick starr vor Staunen. Stand sie wie jedermann sonst vor dem Ladentisch und wurde ihr ein Kassenzettel mit dem darein gewickelten Wechselgeld überreicht und ließ sie das in ihre Geldbörse gleiten und stellte sie sich eine Stunde später vor ihren Ankleidetisch und holte die Stecknadeln hervor? Aber was brauchte sie Stecknadeln? Sie war nicht sosehr gekleidet wie eingekapselt – gleich einem Käfer, kompakt in seiner engen Hülle, blau im Winter, grün im Sommer. Was brauchte sie Stecknadeln – Julia Craye – die, so schien es, in der kühlen, glasklaren Welt von Bachfugen lebte, für sich selbst spielte, was ihr gefiel, und sich nur herbeiließ, ganz wenige Schüler an der Musikschule in der Archer Street zu unterrichten, und (so hatte deren Leiterin, Miss Kingston, gesagt) das nur als eine besondere Gefälligkeit »für mich, die ich in jeder Hinsicht die größte Bewunderung für sie hege«.

Miss Craye sei in schlechten Verhältnissen zurückgeblieben nach dem Tod ihres Bruders, befürchtete Miss Kingston. Oh, sie besaßen so wunderschöne Sachen, als sie in Salisbury wohnten, und ihr Bruder Julius sei selbstverständlich ein sehr bekannter Mann gewesen: ein berühmter Archäolog. Es sei ein großes Vorrecht gewesen, bei ihnen zu Besuch zu sein, erzählte Miss Kingston (»Meine Familie hat die beiden seit eh und je gekannt – sie waren richtige Salisburyer«, sagte Miss Kingston), aber ein wenig einschüchternd für ein Kind. Man habe achtgeben müssen, nicht Türen zuzuschlagen oder unerwartet ins Zimmer hineinzuplatzen. Miss Kingston, die solche kleine Charakterskizzen am ersten Tag des Trimesters gab, während sie Schecks in Empfang nahm und Quittungen schrieb, lächelte hier. Ja, sie selbst sei ein rechter Wildfang gewesen; sie sei hineingeplatzt, daß alle diese römischen Glassachen und Dinge in der Vitrine nur so hüpften. Die Crayes seien nicht an Kinder gewöhnt gewesen. Die Crayes seien, keins von ihnen, verheiratet gewesen. Sie hielten Katzen; die Katzen wußten – dieses Gefühl habe man gehabt – ebensoviel über römische Urnen und dergleichen wie nur irgendwer.

»Viel mehr als ich!« sagte Miss Kingston heiter, während sie ihren Namen in ihrer zügigen, flott gerundeten Handschrift schräg über die Stempelmarke schrieb, denn sie war eine praktische Natur. Als solche verdiente sie sich schließlich ihren Lebensunterhalt.

Vielleicht also, dachte Fanny Wilmot, während sie die Stecknadel suchte, hatte Miss Craye dieses »Slaters Spennadeln haben keine Spitzen« nur so hingesagt. Keins von den beiden Crayes hatte geheiratet. Julia verstand nichts von Stecknadeln – überhaupt nichts. Aber sie hatte immer den Zauber brechen wollen, der sich über das Haus gesenkt hatte; die Glasscheibe durchbrechen, die sie beide von andern Leuten trennte. Wenn Polly Kingston, dieses fröhliche kleine Mädel, die Tür zuschlug, daß die römischen Vasen hüpften, hatte da Julius, als er sich vergewisserte, daß kein Schaden angerichtet worden war (das wäre wohl sein erster Instinkt gewesen), Polly nachgesehen, denn die Vitrine stand vor dem Fenster, wie sie über die Wiesen nach Hause lief? Ihr nachgesehen mit dem Blick, den seine Schwester oft hatte, diesem verweilenden, drängenden Blick?

»Sterne, Sonne und Mond«, schien der zu sagen, »das Maßliebchen im Gras, Kaminfeuer, Eisblumen am Fenster, mein Herz schlägt euch entgegen. Aber«, so schien der Blick hinzuzufügen, »ihr zerbrecht, ihr vergeht, ihr seid bald dahin.« Und gleichzeitig verdeckte der Blick die Intensität dieser beiden Gemütszustände mit: »Ich kann euch nicht erreichen, kann nicht an euch heran«, – dies wehmütig, nach Vergeblichkeit klingend gesprochen. Und die Sterne waren verblichen und das Kind gegangen. Das war die Art von Zauber, das war die gläserne Oberfläche, die Miss Craye zu durchbrechen wünschte, indem sie, wenn sie wunderschön Bach gespielt hatte, als Belohnung für ihre Lieblingsschülerin (Fanny Wilmot wußte, daß sie Miss Crayes Lieblingsschülerin war), zeigte, daß auch sie, wie andre Leute, etwas von Spennadeln verstand. Slaters Spennadeln hatten keine Spitzen.

Ja, der »berühmte Archäolog« mußte auch so dreingeblickt haben. »Der berühmte Archäolog« – als Miss Kingston das sagte, während sie Schecks indossierte, sich des Monatstags vergewisserte und so heiter und frei heraus sprach, war in ihrer Stimme ein unbeschreiblicher Ton gewesen, der auf etwas Absonderliches deutete; etwas Wunderliches an Julius Craye; ganz dasselbe, was vielleicht auch an Julia wunderlich war. Man hätte schwören können, dachte Fanny Wilmot, während sie die Stecknadel suchte, daß sie auf Gesellschaften oder Zusammenkünften (Miss Kingstons Vater war Geistlicher) irgendein Krümel Klatsch aufgeschnappt hatte; oder es mochte vielleicht nur ein Lächeln oder ein Tonfall gewesen sein, wenn sein Name erwähnt wurde, was ihr, »ein gewisses Gefühl« hinsichtlich Julius Crayes gegeben hatte.

Unnötig zu sagen, daß sie nie zu irgendjemand davon sprach. Wahrscheinlich wußte sie selbst kaum, was sie damit meinte. Aber wann immer sie von Julias Bruder sprach oder ihn erwähnt hörte, war das das erste, was einem in den Sinn kam, und es war ein verführerischer Gedanke, daß etwas Wunderliches an Julius Craye gewesen sein mußte.

Und so blickte auch Julia drein, als sie halb hergewendet auf dem Klavierstuhl saß und lächelte. Auf den Wiesen, auf der Fensterscheibe, am Himmel – Schönheit; und ich kann nicht an sie heran; ich kann sie nicht haben – ich, schien sie mit diesem kleinen, so charakteristischen Schließen der Hand hinzuzufügen, die ich sie so leidenschaftlich anbete und die ganze Welt darum gäbe, sie zu besitzen! Und sie hob die Nelke, die zu Boden gefallen war, auf, während Fanny die Stecknadel suchte. Sie drückte sie, so fühlte Fanny, lustvoll zwischen ihren glatten geäderten Händen, die mit wasserfarbenen, in Perlen gefaßten Steinen besteckt waren. Der Druck ihrer Finger schien alles Leuchtende der Blume zu verstärken; sie zur Geltung zu bringen; sie noch gekrauster, frischer, makelloser zu machen. Was an ihr und vielleicht auch an ihrem Bruder so sonderbar wirkte, war, daß dieses Greifen und Sichschließen der Finger mit einer unaufhörlichen Vergeblichkeit verquickt zu sein schien. So war es auch jetzt mit der Nelke. Sie hatte sie in den Händen; sie drückte sie; aber sie besaß sie nicht, erfreute sich ihrer nicht, nicht ganz und gar.

Keins der beiden Crayes hatte geheiratet, so erinnerte sich Fanny Wilmot. Sie hatte dabei im Sinn, wie eines Abends, als die Klavierstunde länger als gewöhnlich gedauert hatte und es schon dunkel war, Julia Craye gesagt hatte: »Männer sind doch gewiß dazu da, uns zu beschützen«, und sie mit demselben wunderlichen Lächeln ansah, während sie selbst stand und sich den Mantel zuknöpfte, was Miss Craye, wie es jetzt die Nelke tat, bis in die Fingerspitzen Frische und strahlende Jugend zu Bewußtsein brachte, aber sie auch, wie die Blume, so vermutete Fanny, verlegen machte.

»Oh, aber ich brauche keinen Schutz«, hatte Fanny lachend entgegnet, und als Julia Craye diesen außerordentlichen Blick auf sie gerichtet hielt und sagte, sie sei dessen nicht so sicher, war Fanny buchstäblich errötet unter der Bewunderng in Julias Augen.

Es sei das einzige, wozu Männer nütze seien, hatte Julia gesagt. War das also der Grund, fragte sich Fanny, die Augen noch immer zu Boden gerichtet, daß sie nie geheiratet hatte? Schließlich hatte sie nicht ihr ganzes Leben in Salisbury verbracht. »Bei weitem der hübscheste Teil von London«, hatte sie einmal gesagt, »aber ich spreche von einer Zeit vor fünfzehn oder zwanzig Jahren, ist Kensington. Man war in zehn Minuten in den Gärten, und es war wie mitten auf dem Land. Man konnte in seinen Hausschuhen zum Abendessen ausgehn, ohne sich zu erkälten. Kensington – es war wie ein Dorf damals, wissen Sie«, hatte sie erzählt, sich hier unterbrochen und erbittert über die Zugluft in der Untergrundbahn geschimpft.

Dazu seien Männer nütze, hatte sie ätzend, mit einem seltsamen Verziehen des Gesichts gesagt. Warf das ein Licht auf die Frage, warum sie nicht geheiratet hatte? Man konnte sich jede Art von Szene in ihrer Jugend vorstellen, als sie mit ihren schönen blauen Augen, ihrer geraden festen Nase, ihrem Air kühler Distinguiertheit, ihrem Klavierspiel, ihrer Rose, die mit keuscher Leidenschaft am Ausschnitt ihres Musselinkleids blühte, zuerst die jungen Männer angezogen hatte, für die solche Dinge wie die dünnen Teetassen und die silbernen Kerzenleuchter und der eingelegte Tisch – denn die Crayes hatten so hübsche Sachen – etwas Wundervolles waren; junge, nicht genügend hervorragende Männer; junge

Männer einer Kathedralenstadt, voll ehrgeiziger Pläne. Sie hatte zuerst diese angezogen und dann die Freunde ihres Bruders aus Oxford oder Cambridge. Die kamen im Sommer; ruderten Julia auf dem Fluß; setzten die Diskussion über Browning brieflich fort; vereinbarten vielleicht mit ihr, bei den seltenen Gelegenheiten, wo sie in London war, ihr – Kensington Gardens? – zu zeigen.

»Bei weitem der hübscheste Teil von London – Kensington (ich spreche von einer Zeit vor fünfzehn oder zwanzig Jahren)«, hatte sie einmal gesagt. In zehn Minuten sei man in den Gärten gewesen – wie mitten auf dem Land. Man konnte dem entnehmen, was man wollte, dachte Fanny Wilmot, zum Beispiel sich Mr. Sherman aussuchen, den Maler, einen alten Freund von ihr; ihn sie nach Verabredung an einem sonnigen Junitag abholen und zum Tee unter den Bäumen führen lassen. (Sie hatten einander auch auf einer dieser Gesellschaften kennengelernt, zu denen man in Pantöffelchen trippelte, ohne befürchten zu müssen, sich zu erkälten.) Die Tante oder eine andre ältliche Verwandte hatte hier warten sollen, während die beiden einen Blick auf den Serpentinenteich werfen gingen. Sie warfen einen Blick auf den Serpentinenteich. Er ruderte sie vielleicht hinüber. Sie verglichen ihn mit dem Avon. Julia hatte diesen Vergleich gewiß mit Ungestüm erwogen. Flußlandschaften bedeuteten ihr viel. Sie saß mit ein wenig hochgezogenen Schultern, ein wenig eckig, obgleich sie damals Anmut besaß, da, während sie steuerte. Im kritischen Augenblick, denn er hatte beschlossen, nun müsse er sprechen – es war seine einzige Chance, mit ihr allein zu sein, – sprach er in großer Nervosität, den Kopf in einem lächerlichen Winkel über die Schulter weggewendet, und in diesem selben Augenblick unterbrach sie ihn heftig. Gleich werde er das Boot in den Brückenpfeiler hineinrudern! rief sie. Es war ein Augenblick des Entsetzens, der Enttäuschung, der Offenbarung für beide. Ich kann's nicht haben, kann's nicht besitzen, dachte sie. Und er konnte nicht einsehen, warum sie denn gekommen war. Mit einem großen Platschen des Ruders riß er das Boot herum. Nur um ihm eine Abfuhr zu erteilen? Er ruderte sie zurück und verabschiedete sich.

Den Schauplatz dieser Szene konnte man nach Belieben verändern, überlegte Fanny Wilmot. (Wohin war diese Stecknadel nur gefallen?) Er konnte Ravenna sein; oder Edinburgh, wo sie ihrem Bruder das Haus geführt hatte. Die Szene konnte ausgewechselt werden; und der junge Mann und die genaue Art des ganzen Vorgangs; aber eins stand fest – ihr Abweisen und ihr Stirnrunzeln; und ihr Ärger über sich selbst nachher und ihr Hadern mit sich selbst und ihre Erleichterung – ja, gewiß, ihre ungeheure Erleichterung. Schon am nächsten Tag vielleicht stand sie um sechs auf, zog den Mantel an und ging zu Fuß den ganzen Weg von Kensington bis zur Themse. Sie war so froh, daß sie nicht ihr Recht geopfert hatte, hinzugehn und sich Dinge anzusehen, wenn sie am eindrucksvollsten wirkten – bevor die Leute auf waren; anders ausgedrückt, sie konnte im Bett frühstücken, wenn sie wollte. Sie hatte ihre Unabhängigkeit nicht preisgegeben.

Ja, dachte Fanny Wilmot lächelnd, Julia hatte ihre Gewohnheiten nicht in Gefahr gebracht. Sie blieben in Sicherheit; und ihre Gewohnheiten hätten zu leiden gehabt, wenn sie geheiratet hätte. »Sie sind Ungeheuer, die Männer«, hatte sie eines Abends halb lachend gesagt, als eine andre ihrer Schülerinnen, eine seit kurzem verheiratete, sich plötzlich besinnend, daß sie versäumen würde, sich mit ihrem Mann zu treffen, hastig davongestürzt war.

»Sie sind Ungeheuer«, hatte sie grimmig lachend gesagt. Ein Ungeheuer hätte sie vielleicht gehindert, im Bett zu frühstücken; frühmorgens zum Fluß hinunter spazierenzugehn. Was wäre geschehen (aber man konnte sich das kaum vorstellen), wenn sie Kinder gehabt hätte? Sie traf erstaunliche Vorsichtsmaßregeln gegen Erkältungen, Ermüdung, zu üppiges Essen, die unrechten Speisen, Zugluft, überheizte Räume, Fahrten in der Untergrundbahn, denn sie konnte nie genau feststellen, was von alledem eigentlich einen Anfall dieser schrecklichen Kopfschmerzen herbeiführte, die ihrem Leben Ähnlichkeit mit einem Schlachtfeld gaben. Sie war immer damit beschäftigt, den Feind zu überlisten, bis es schien, als wäre diese Beschäftigung selbst etwas Interessantes; hätte sie den Feind schließlich endgültig besiegen können, würde sie das Leben ein wenig fade gefunden haben. So aber war es ein unaufhörliches Tauziehen – auf der einen Seite die Nachtigall oder die Aussicht, welche sie leidenschaftlich liebte – ja, denn für Aussichten und Singvögel empfand sie förmlich eine Leidenschaft; auf der andern Seite der feuchte Fußweg oder die gräßlich lange Schinderei eine steile Wegstrecke hinauf, die sie gewiß am nächsten Tag für alles untauglich machen und einen Anfall ihrer Kopfschmerzen herbeiführen würden. Wenn sie von Zeit zu Zeit ihre Kräfte geschickt nutzte und einen Ausflug nach Hampton Court zustande brachte, in der Woche, in der die Krokusse – diese schimmernden heitern Blüten waren ihre Lieblingsblumen – sich aufs beste zeigten, war es daher ein Sieg. Es war etwas, das verblieb; etwas, das für immer seine Bedeutung behielt. Sie fädelte den Nachmittag auf die Halskette denkwürdiger Tage, und die war nicht so lang, als daß sie nicht imstande gewesen wäre, sich an diesen oder jenen Tag zu erinnern; dieser Aussicht; jener Stadt; zu befingern, zu befühlen, seufzend auszukosten, was ihn einzigartig gemacht hatte.

»Es war so schönes Wetter vorigen Freitag«, sagte sie etwa,

»daß ich entschied, ich müsse hinfahren.« So war sie denn nach dem Waterloo-Bahnhof aufgebrochen, zu ihrem großen Unternehmen – Schloß Hampton Court zu besuchen – und zwar allein. Natürlich, wenn auch vielleicht törichterweise, bemitleidete man sie für etwas, wofür sie nie Mitleid forderte (tatsächlich war sie gewohnheitsmäßig zurückhaltend, sprach von ihrer Gesundheit nur, wie etwa ein Krieger von seinem Feind spräche), – man bemitleidete sie dafür, immer alles allein zu tun. Ihr Bruder war tot; ihre Schwester war asthmatisch; die fand für sich das Klima von Edinburgh zuträglich. Für Julia war es zu rauh, und vielleicht fand sie die Assoziationen schmerzlich, denn ihr Bruder, der berühmte Archäolog, war dort gestorben; und sie hatte ihren Bruder sehr geliebt. Nun wohnte sie ganz allein in einem kleinen Haus etwas abseits der Brompton Road.

Fanny Wilmot sah die Stecknadel; sie las sie auf. Sie warf einen Blick auf Miss Craye. War Miss Craye so einsam? Nein, Miss Craye war, wenn auch nur für diesen Augenblick, unerschütterlich und beseligend glücklich. Fanny hatte sie in einem Augenblick der Ekstase überrascht. Sie saß, halb vom Klavier abgewendet, da und hielt mit den im Schoß verschränkten Händen die Nelke aufrecht, hinter sich das scharfe Viereck des Fensters, ohne vorgezogene Vorhänge, dunkelviolett im Abendlicht, intensiv violett nach den helleuchtenden elektrischen Glühlampen, welche unabgeschirmt in dem kahlen Musikzimmer brannten. Julia Craye, wie sie so vornübergeneigt und gedrungen dasaß und die Blume hielt, schien aus der Londoner Nacht hervorzutauchen, schien sie wie einen Umhang hinter sich geworfen zu haben. Die Nacht schien, so schmucklos und intensiv, die Ausströmung ihres Geistes zu sein, etwas, das sie geschaffen hatte, von dem sie umgeben war. Fanny starrte sie an.

Alles schien eine Sekunde lang für Fanny Wilmots Blick

durchsichtig geworden zu sein, als sähe sie, durch Miss Craye hindurch, den wahren Springquell ihres Wesens seine reinen Silbertropfen hervorsprühen. Sie sah immer weiter zurück in die Vergangenheit hinter ihr. Sie sah die grünen, in die Vitrine gestellten römischen Vasen; hörte die Chorknaben Kricket spielen; sah Julia gelassen die geschwungenen Stufen auf den Rasen hinabgehn; sah sie dann unter der Zeder Tee einschenken; sah die Hand des alten Mannes sanft von der ihren umschlossen; sah sie durch die Korridore jener alten Wohnstätte im Bereich der Kathedrale mit Handtüchern über den Arm umhergehn, um sie zu merken; dabei im Gehn die Kleinlichkeit des täglichen Lebens beklagen; und, langsam älter werdend, sobald der Sommer kam, Kleider beiseitetun, weil sie nun für sie zu hell und bunt geworden waren; und ihren Vater während seiner Krankheit pflegen; und sich ihren Weg, je mehr ihr Wille sich versteifte, immer entschlossener zu ihrem einsamen Ziel bahnen; sparsam reisen; die Kosten überschlagen und aus ihrer fest geschlossenen Börse die Summe hervorzählen, die für diese Reise oder jenen antiken Spiegel nötig war; eigensinnig, was immer die Leute sagen mochten, dabei bleiben, sich ihre Freuden selber zu wählen. Sie sah Julia –

Julia flammte, Julia hatte Feuer gefangen. Aus der Nacht glühte sie hervor wie ein erloschener weißer Stern. Julia öffnete die Arme. Julia küßte sie auf den Mund. Julia umschloß sie – Schönheit.

»Slaters Spennadeln haben keine Spitzen«, sagte Miss Craye, wunderlich lachend, und löste dann die Umarmung, als Fanny Wilmot sich die Nelke mit bebenden Fingern an die Brust nadelte.

Der Mann, der seinesgleichen liebte

Eines Nachmittags eilte Prickett Ellis durch Dean's Yard und förmlich in Richard Dalloway hinein, oder vielmehr, grade als sie aneinander vorbeikamen, erhellte sich der verstohlene Seitenblick, den jeder unterm Hutrand über die Schulter auf den andern warf, und brach in ein Erkennen aus; sie hatten einander seit zwanzig Jahren nicht gesehen. Sie waren Schulkameraden gewesen. Und was treibe Ellis? Rechtsanwalt? Freilich, freilich – er habe den Fall in den Zeitungen verfolgt. Aber hier könne man nicht plaudern. Wolle er nicht heute abend auf einen Plausch zu ihnen kommen? (Noch immer im selben Haus – gleich um die Ecke.) Es kämen noch ein paar Leute. Vielleicht auch Joynson. »Ein schrecklich hohes Tier jetzt«, sagte Richard.

»Gut – also auf heute abend«, damit verabschiedete sich Richard, »riesig erfreut« (das war durchaus wahr), diesen wunderlichen Kerl getroffen zu haben, der sich nicht ein bißchen verändert hatte, seit sie miteinander im Internat gewesen waren, – genau derselbe wie der knubbige, pausbäckige kleine Junge damals, aus dem die Vorurteile nur so hervorstachen, aber ungewöhnlich brillant – hatte den Newcastle-Preis gewonnen. Tja – und er ging heim.

Prickett Ellis jedoch wünschte nun, als er sich umwandte und dem verschwindenden Dalloway nachblickte, er hätte ihn nicht getroffen oder hätte zumindest – denn er hatte ihn persönlich immer gut leiden können – nicht versprochen, zu dieser Abendgesellschaft zu kommen. Dalloway war verheiratet, gab Gesellschaften; war ganz und gar nicht seine Sorte. Er würde einen Smoking anziehen müssen. Dennoch, als es spät wurde, sagte er sich, er müsse, da er nun einmal angenommen hatte und nicht unhöflich sein wollte, wohl hingehn.

Aber was für ein gräßlicher Abend! Joynson war da; sie hatten einander nichts zu sagen. Er war ein aufgeblasener kleiner Junge gewesen; nun nahm er sich nur noch wichtiger – das war der ganze Unterschied. Keine andre Menschenseele in dem Raum, die er kannte. Keine einzige. Aber da er nicht sogleich weggehn konnte, ohne ein paar Worte mit Dalloway geredet zu haben, der völlig von seinen Pflichten in Anspruch genommen zu sein schien und in weißer Weste umherschusselte, mußte er noch weiter hier herumstehn. Es war ganz die Art von Affäre, die ihm die Galle hochsteigen ließ. Sich vorzustellen, daß erwachsene, voll verantwortliche Männer und Frauen jeden Abend ihres Lebens so verbrachten! Die Furchen in seinen bläulichrot rasierten Wangen vertieften sich, während er in völligem Schweigen an der Wand lehnte, und er sah abgehärtet und grimmig aus, als wäre sein Schnurrbart frostbereift, denn wenn er sich auch wie ein Roß abplagte, erhielt er sich durch Gymnastik in Form. Er sträubte die Haare; er knirschte mit den Zähnen. Sein dürftiger Smoking ließ ihn unsoigniert, unbedeutend und eckig aussehen.

Müßig plappernd, überladen angezogen, ohne irgendwelche Ideen im Kopf, redeten und lachten diese feinen Damen und Herren immerzu drauflos. Und Prickett Ellis beobachtete sie und verglich sie mit den Brunners, die, als sie ihren Rechtsstreit mit der Fenner-Brauerei gewonnen und zweihundert Pfund Entschädigung (nicht die Hälfte von dem, was ihnen gebührte) erhalten hatten, hingegangen waren und fünf davon für eine Kaminuhr als Geschenk für ihn ausgegeben hatten. So was war sehr anständig; so was rührte einen; und er starrte noch strenger auf diese zu fein gekleideten und zynischen wohlhabenden Leute und verglich, was er jetzt empfand, damit, was er heute um elf Uhr vormittag empfunden hatte, als der alte Brunner und seine Frau in ihrem besten Sonntagsstaat, ein ungemein respektabel und sauber aussehendes Paar, vorsprachen, um ihm dieses geringe Zeichen – so hatte der alte Mann es ausgedrückt, während er kerzengerade aufrechtstand und seine kleine Ansprache hielt, – von Dankbarkeit und Schätzung für die tüchtige Art zu überreichen, wie er ihren Fall geführt habe, und Mrs. Brunners Stimmchen sich vernehmen ließ, daß es doch alles ihm zu verdanken sei, so fühlten sie, und sie aufs höchste seine Generosität würdigten – denn er hatte natürlich kein Honorar genommen. Und als er die Uhr ergriff und sie in die Mitte auf seinen Kaminsims stellte, hatte er nur den Wunsch gehabt, daß niemand sein Gesicht sähe. Das war's, wofür er arbeitete, das war seine Belohnung!

Er blickte auf die Leute, die er hier vor Augen hatte, sah sie, als tanzten sie vor der Szene in seiner Kanzlei vorbei und wären durch die bloßgestellt, und als sie verblaßte – als die Brunners verblaßten – verblieb, wie von jener Szene übriggeblieben, er selbst, dieser feindseligen Bevölkerung gegenüber, ein völlig schlichter, unblasierter Mensch, ein Mann aus dem Volk (er richtete sich noch gerader auf), sehr schlecht angezogen, mit zorniger Miene, ohne irgendeinen gefälligen Zug an sich, ein Mann, der sich nicht darauf verstand, seine Gefühle zu verbergen, ein einfacher Mann, ein gewöhnlicher Mensch, der sich der Verderbtheit, der Herzlosigkeit der Gesellschaft entgegenstellte. Aber er wollte nicht weiter so vor sich hinstarren. Er setzte seine Brille auf und betrachtete die Bilder. Er las die Titel auf einer Reihe Bücher; zum größten Teil Gedichte. Er hätte recht gern einige seiner alten Lieblinge wiedergelesen, Shakespeare, Dickens – er wünschte, er hätte jemals Zeit, auf einen Sprung in die

Nationalgalerie zu gehn – aber er konnte nicht – nein, man konnte einfach nicht. Wirklich, man konnte nicht – wenn die Welt in dem Zustand war, in dem sie eben war. Nicht, wenn Leute den ganzen Tag Hilfe von einem wollten, gradezu um Hilfe flehten. Dies war kein Zeitalter für Luxusdinge. Und er blickte auf die Armsessel und die Papiermesser und die schön gebundenen Bücher und schüttelte den Kopf, denn er wußte, er würde nie die Zeit haben, nie – er freute sich über diesen Gedanken – das Herz haben, sich solche Luxusdinge zu leisten. Diese Leute hier wären schockiert, wenn sie wüßten, was er für seinen Pfeifentabak bezahlte; daß er sich den Smoking geliehen hatte. Seine eine und einzige Extravaganz war sein kleines Segelboot auf den Norfolk-Broads. Und die gestattete er sich. Er war gern einmal im Jahr weit weg von allen Leuten, um rücklings auf einer Wiese zu liegen. Er dachte sich, wie schockiert sie wären – diese feinen Leute – wenn sie sich vorstellen könnten, wieviel Vergnügen er dem abgewann, was Liebe zur Natur zu nennen, er altmodisch genug war; zu Bäumen und Wiesen, die ihm seit seiner Knabenzeit vertraut waren.

Sie wären schockiert, diese feinen Leute. Ja, während er hier so stand und seine Brille wegsteckte, spürte er, wie er mit jedem Augenblick schockierender wurde. Und es war ein sehr unangenehmes Gefühl. Er empfand nicht etwa natürlich und gelassen, daß er die Menschheit liebte, daß er nur fünf Pence für die Unze Tabak bezahlte und die Natur liebte. Jede dieser Freuden war in einen Protest verwandelt. Er fühlte, daß diese Leute, die er verachtete, ihn sozusagen zwangen – Halt! Her damit! – sich zu rechtfertigen. »Ich bin ein ganz gewöhnlicher Mensch«, sagte er sich immer wieder. Und was er sich noch sagte, das zu sagen schämte er sich wirklich, aber er sagte es. »Ich habe an einem einzigen Tag mehr für meinesgleichen getan, als ihr alle miteinander in euerm ganzen Leben.« Er konnte wahrhaftig nicht dagegen an; er rief sich immer wieder eine Szene nach der andern ins Gedächtnis, wie diese, als die Brunners ihm die Uhr überreichten; er erinnerte sich immerzu daran, was Leute Nettes über seine Menschlichkeit, seine Großmut gesagt hatten und darüber, wie er ihnen geholfen hatte. Er sah sich weiter als einen weisen und duldsamen Diener der Menschheit. Und er wünschte sich, er könnte diese Lobsprüche laut wiederholen. Es war unangenehm, daß das Bewußtsein der eignen Güte so in seinem Innern kochte. Noch unangenehmer war es, daß er niemand erzählen konnte, was Leute über ihn gesagt hatten. Gott sei Dank, beteuerte er sich ein Mal über das andre, morgen werde ich wieder bei meiner Arbeit sein! Und doch war er nicht mehr damit zufrieden, einfach zur Tür hinaus zu schlüpfen und heimzugehn. Er mußte bleiben, bis er sich gerechtfertigt hätte. Aber wie könnte er das? In dem ganzen Zimmer voller Leute gab es keine Seele, mit der er hätte sprechen können.

Endlich kam Richard Dalloway auf ihn zu.

»Ich möchte dich Miss O'Keefe vorstellen«, sagte er. Miss O'Keefe sah ihm voll in die Augen. Sie war eine ziemlich arrogante, brüske Person in den Dreißigern.

Miss O'Keefe wollte ein Eis oder irgendwas zu trinken. Und der Grund, daß sie von Prickett Ellis auf eine von ihm als hochmütig, nicht zu rechtfertigen empfundene Art verlangte, es ihr zu verschaffen, war der, daß sie heute, an diesem heißen Nachmittag, eine Frau mit ihren zwei Kindern, arme Leute und sehr müde, sich gegen die Gitterstäbe eines privaten Gartens auf einem Square hatte drücken und hereinspähen sehen. Können sie nicht eingelassen werden? hatte sie gedacht, und ihr Mitleid schwoll wie eine Woge; ihre Entrüstung wallte auf. Nein; sie wies sich im nächsten Augenblick grob zurecht, als gäbe sie sich eins ans Ohr. Keine

Macht der Welt vermag das. Also hob sie den Gummiball auf und schleuderte ihn zurück. Keine Macht der Welt vermag das, sagte sie sich voller Wut, und das war die Ursache, daß sie jetzt diesen Mann, den sie noch gar nicht kannte, so anherrschte.

»Verschaffen Sie mir ein Eis!« Längst bevor sie es aufgegessen hatte, erzählte ihr Prickett Ellis, der neben ihr stand, ohne etwas zu sich zu nehmen, er sei seit fünfzehn Jahren auf keiner Gesellschaft mehr gewesen; erzählte ihr, sein Smoking sei ihm von seinem Schwager geliehen worden; sagte ihr, daß er so was, wie das hier, gar nicht mochte. Und es hätte ihn sehr erleichtert, noch hinzuzufügen, er sei ein schlichter Mensch, der eben gewöhnliche Menschen gernhabe, und er würde ihr dann (aber nachher hätte er sich dessen geschämt) von den Brunners und der Uhr erzählt haben, doch sie fragte:

»Haben Sie den *Sturm* gesehen?« Dann (denn er hatte den *Sturm* nicht gesehen) fragte sie ihn, ob er ein gewisses Buch gelesen habe; abermals nein; und dann, den Eisteller wegstellend, ob er je Gedichte lese?

Und Prickett Ellis, der etwas in sich aufsteigen fühlte, was diese junge Weibsperson quälen wollte, sie am liebsten geköpft, am liebsten massakriert hätte, nötigte sie, sich hinzusetzen, wo sie beide nicht gestört wären, auf zwei Stühle in dem menschenleeren Garten, denn alle waren oben im Haus, und man konnte dann von dort nur ein Summen und Brummen, ein Klappern und Klirren hören wie die tolle Begleitung eines Geisterorchesters zu einer oder zwei übers Gras schleichenden Katzen und zu dem sich regenden Laub und den wie gelbe und rote Früchte leise schaukelnden Lampions, – das Stimmengewirr schien der hektischen Musik eines Tanzes von Skeletten zu gleichen, die als Begleitung zu etwas sehr Wirklichem, von Leid Erfülltem gesetzt war.

»Wie schön es hier ist!« sagte Miss O'Keefe.

Oh, es war schön hier nach dem Salon, auf diesem kleinen Fleck von Gras mit den Türmen von Westminster rundum, die schwarz in die Luft ragten. Und es war still nach all dem Lärm. Schließlich hatten sie wenigstens das – die müde Frau, die zwei Kinder!

Prickett Ellis zündete sich seine Pfeife an. Das würde diese hochmütige Person schockieren. Er hatte die Pfeife mit grobem Tabak gefüllt – fünfeinhalb Pence die Unze. Er dachte daran, wie er rauchend in seinem Boot liegen würde; er konnte sich nachts, allein, unterm Sternenhimmel rauchen sehen. Denn die ganze Zeit heute abend dachte er daran, wie er sich ausnehmen würde, wenn diese Leute hier ihn dort sehen könnten. Er sagte zu Miss O'Keefe, während er sich ein Zündholz an der Schuhsohle anstrich, er könne hier nichts besonders Schönes sehen.

»Vielleicht«, sagte Miss O'Keefe, »liegt Ihnen nichts an Schönheit.« (Er hatte ihr geantwortet, er habe den *Sturm* nicht gesehen; er habe jenes Buch nicht gelesen; er sah ungepflegt aus, ganz Schnurrbart, Kinn und silberne Uhrkette.) Sie finde, niemand brauche auch nur einen Penny für Schönheit zu bezahlen; der Eintritt in die Museen sei frei, und auch in die Nationalgalerie; und ländliche Landschaften kosteten auch nichts. Selbstverständlich kenne sie die Einwände – Wäsche waschen, Kochen, Kinder; aber die Wurzel der Dinge, das, was auszusprechen sich alle fürchteten, sei, daß Glücklichsein spottbillig sei. Man könne sie gratis haben – Schönheit.

Da versetzte ihr Prickett Ellis einen Dämpfer – dieser blassen, arroganten, brüsken Person. Er erzählte ihr, seinen Knaster paffend, was er heute getan hatte. Auf um sechs; Besprechungen mit Klienten; ein Abflußrohr in einem verdreckten Elendsviertel berochen; dann zu Gericht.

Hier zögerte er, weil er ihr gern etwas von seinem eigensten Tun erzählt hätte. Er unterdrückte das und wurde um so kaustischer. Er sagte, es mache ihm übel, gutgenährte, gutgekleidete Frauen (ihre Lippen zuckten, denn sie war mager, und ihr Kleid nicht auf der Höhe) von Schönheit reden zu hören.

»Schönheit!« wiederholte er. Er fürchte, er verstehe Schönheit als etwas von Menschen Getrenntes nicht.

So starrten sie beide in den leeren Garten, wo die Lampions schwankten und eine Katze mit erhobener Pfote mitten im Gras innehielt.

Schönheit als etwas von Menschen Getrenntes? Was meine er damit? fragte sie plötzlich.

Nun ja, dies. Sich mehr und mehr ereifernd, erzählte er ihr die Geschichte von den Brunners und der Uhr und verheimlichte seinen Stolz darauf nicht. Das sei etwas Schönes, sagte er.

Sie fand keine Worte, um den Abscheu, den seine Geschichte in ihr erweckte, genau zu bezeichnen. Erstens sein Eingebildetsein; dann seine Unanständigkeit, von menschlichen Gefühlen zu sprechen; das war Blasphemie; niemand auf der ganzen Welt durfte eine Geschichte erzählen, um zu beweisen, daß er seinesgleichen liebe. Doch während er erzählte – wie der alte Mann aufgestanden war und seine kleine Ansprache gehalten hatte – kamen ihr die Tränen in die Augen; ah, wenn irgend jemand das jemals zu ihr gesagt hätte! Aber dann wieder fühlte sie, daß es grade das war, was die Menschheit auf ewig verdammte; niemals würde die weiter gelangen als bis zu Rührszenen mit Kaminuhren; Leute wie die Brunners würden Ansprachen an die Prickett Ellis halten, und die Prickett Ellis würden immer erzählen, wie sehr sie ihresgleichen liebten; sie würden immer träge, kompromißlerisch und voller Furcht vor dem Schönen sein. Daraus entsprangen Revolutionen: aus Trägheit und Furcht und dieser

Vorliebe für Rührszenen. Immerhin hatte dieser Mann da viel Freude an seinen Brunners; sie aber war dazu verurteilt, ihrer armen, armen Frauen wegen, die von Gärten ausgeschlossen waren, ewiglich zu leiden.

So saßen sie schweigend da. Beide waren unglücklich. Denn Prickett Ellis war nicht im geringsten durch das, was er gesagt hatte, getröstet. Und statt ihr den Dorn auszuziehen, hatte er ihn tiefer hineingestoßen. Sein Glücksgefühl vom Vormittag war zerstört. Miss O'Keefe war verwirrt und verärgert; in ihr war alles schlammig statt klar geworden.

»Ich fürchte, ich bin einer von diesen sehr gewöhnlichen Menschen«, sagte er und stand auf, »die ihresgleichen lieben.«

Worauf Miss O'Keefe sagte, es fast herausschrie: »Ich auch!«

Von Haß erfüllt gegen einander und das ganze Haus voller Leute, welche ihnen diesen peinlichen, diesen enttäuschenden Abend bereitet hatten, standen die zwei, die ihresgleichen liebten, auf, und ohne ein weiteres Wort schieden sie für immer.

Der Scheinwerfer

Das gräfliche Palais aus dem achtzehnten Jahrhundert war im zwanzigsten in einen Klub verwandelt worden. Und wenn man in dem großen Raum mit den Säulen unter der Lichtfülle der Kronleuchter diniert hatte, war es angenehm, sich auf den breiten Balkon zu setzen, von dem man den St. James's Park überblickte. Die Bäume waren schon voll belaubt, und bei Mondschein hätte man die rosaroten und cremefarbenen Kerzen der Kastanien sehen können. Aber es war eine mondlose Nacht und sehr warm, nach einem schönen Junitag.

Mr. und Mrs. Ivimey und ihre Gäste saßen kaffeetrinkend und rauchend auf dem Balkon. Wie um sie alle der Notwendigkeit des Sprechens zu entheben, sie, ohne daß sie selbst sich anstrengen müßten, zu unterhalten, kreisten schlanke Lichtstäbe am Himmel. Es war noch im Frieden; eine Übung der R.A.F.; Suche nach feindlichen Flugzeugen. Jetzt hielten die Strahlen inne, stocherten eifrig in einem verdächtigen Himmelswinkel, kreisten wieder wie die Flügel einer Windmühle, tasteten wie ungeheure Insektenfühler, um hier die leichenhafte Steinfront eines Hauses zu enthüllen, dort eine Kastanie, alle Blütenkerzen aufgesteckt; und dann traf das Licht plötzlich genau den Balkon, und eine kleine Scheibe leuchtete eine Sekunde lang hell auf – vielleicht ein Spiegel aus dem Handtäschchen einer Frau.

»Seht doch!« rief Mrs. Ivimey.

Der Strahl wanderte weiter. Sie waren wieder im Dunkeln.

»Ihr werdet nie erraten, woran mich das erinnert hat!« fügte sie hinzu. Natürlich fingen sie alle an zu raten.

»Nein, nein, nein.« Sie widersprach. Niemand könne es erraten; nur sie allein wisse es, könne es wissen; sie sei doch die Urenkelin dieses Mannes. Von ihm habe sie die Geschichte. Welche Geschichte? Sie wolle versuchen, sie zu erzählen, wenn es den andern recht sei. Es wäre noch Zeit genug vor dem Theater.

»Aber wo soll ich anfangen?« Sie überlegte. »Im Jahr 1820? . . . Damals ungefähr muß mein Urgroßvater ein junger Mensch gewesen sein. Ich selbst bin nicht mehr jung« – nein, aber sie war eine gute Escheinung und hübsch – »und er war schon ein sehr alter Mann, als ich ein Kind war – als er mir die Geschichte erzählte. Er war ein sehr stattlicher alter Mann, mit seinem dichten weißen Haarschopf und den blauen Augen. Er muß sehr schön gewesen sein, als er jung war, aber sonderbar. Das war nur natürlich,« erklärte sie, »wenn man bedenkt, wie sie lebten. Die Familie hieß Comber. Und die Combers hatten einst bessere Zeiten gesehen. Sie hatten zur Gentry gehört, hatten ein Landgut besessen, oben in Yorkshire. Aber schon als er ein Knabe war, war nur noch der Turm übrig. Und das Haus – das war bloß ein kleines Farmhaus, mitten in den Feldern. Wir waren einmal dort und sahen es uns an, vor zehn Jahren. Wir mußten den Wagen zurücklassen und einen Feldweg gehn. Es führt keine richtige Straße zum Haus. Es steht ganz abseits, das Gras wächst bis ans Tor . . . Hühner scharrten herum und liefen in den Zimmern ein und aus. Alles war verfallen und verwahrlost. Ich erinnere mich noch, daß plötzlich vom Turm ein Stein herabfiel.« Sie machte eine kleine Pause.

»Und da lebten sie«, setzte sie fort, »der alte Mann, die Frau und der junge Bursch. Sie war nicht mit ihm verheiratet, und sie war auch nicht die Mutter; war einfach eine Bauernmagd, ein Mädel, das der Alte zu sich genommen hatte, als seine Frau gestorben war. Vielleicht mit ein Grund, daß niemand mit ihnen verkehrte – daß alles dort in Verfall geriet. Aber ich erinnere mich noch an ein Wappen über der Tür und an die Bücher. Alte Bücher, halb verschimmelt. Alles, was er wußte, hatte er aus Büchern. Er las und las, so erzählte er mir, in diesen alten Büchern, Büchern, aus denen Landkarten heraushingen zwischen den Seiten. Er schleppte sie hinauf in das oberste Turmzimmer – die schadhafte Holztreppe ist noch da und auch das Greifseil. Und ein Stuhl steht noch dort oben, ohne Sitz, in der Fensternische; das Fenster schwingt auf und zu, und die Scheiben sind zerbrochen, – und eine Aussicht über die Hügel, meilenweit . . .«

Sie hielt inne, als stünde sie dort oben im Turm und sähe aus dem Fenster, das in den Angeln schwang.

»Aber das Fernrohr«, sagte sie, »konnten wir nicht finden.« Das Tellergeklapper in dem Speisesaal hinter ihr wurde lauter. Doch Mrs. Ivimey, hier auf dem Balkon, schien verwundert zu sein, daß sie das Fernrohr nicht finden konnte.

»Warum sollte eins dort gewesen sein?« fragte jemand.

»Warum? Aber wenn dort kein Fernrohr gewesen wäre«, antwortete sie lachend, »säße ich doch jetzt nicht hier.«

Und ganz gewiß saß sie jetzt hier, eine Frau in mittleren Jahren, von guter Erscheinung, mit etwas Blauem um die Schultern.

»Es muß eins dortgewesen sein, denn er hat mir erzählt, wie er dort am Fenster saß, Nacht für Nacht, nachdem die alten Leute schlafen gegangen waren, und durch das Fernrohr die Sterne betrachtete. Jupiter. Aldebaran. Kassiopeia.« Sie machte eine Handbewegung nach den Sternen hin, die sich zu zeigen begonnen hatten. Es war dunkler geworden. Und der Scheinwerfer schien heller über den Himmel zu gleiten und dort und da anzuhalten und die Sterne zu betrachten.

»Dort oben waren sie«, setzte sie fort, »die Sterne. Und er

fragte sich – mein Urgroßvater, der junge Mensch, fragte sich: Was sind sie? Warum sind sie? Und wer bin ich? Wie man sich fragt, wenn man so dasitzt, ganz allein, und niemand hat, mit dem man sprechen kann, und zu den Sternen aufschaut.«

Sie schwieg. Alle schauten sie zu den Sternen auf, die über den Bäumen aus dem Dunkel hervorkamen. Die Sterne schienen sehr dauerhaft, sehr unwandelbar zu sein. Der Lärm von London versank. Hundert Jahre schienen gar nichts zu sein. Sie hatten alle ein Gefühl, als schaute der junge Mensch mit ihnen zu den Sternen hinauf. Sie waren mit ihm auf dem Turm und betrachteten, über die Hügel hinweg, die Sterne.

Da sagte hinter ihnen eine Stimme:

»Gut also. Am Freitag.«

Alle wandten sie sich um, rückten sich zurecht, mit einem Gefühl, als wären sie wieder auf den Balkon heruntergefallen.

»Oh – es war aber niemand da, der das zu ihm hätte sagen können«, murmelte Mrs. Ivimey.

Das Paar stand auf und entfernte sich.

»Er – er war ganz allein«, erzählte sie weiter. »Und es war ein schöner Sommertag. Ein Tag im Juni. Einer dieser vollkommenen Tage im Sommer, an denen alles stillzustehn scheint in der Wärme. Unten im Hof pickten die Hühner; der alte Gaul stampfte im Stall; der Vater war über seinem Glas eingenickt; die Frau scheuerte Eimer in der Spülküche. Vielleicht fiel ein Stein vom Turm. Der Tag schien nicht enden zu wollen. Und er hatte niemand, mit dem er sprechen konnte, – und hatte gar nichts zu tun. Die ganze Welt lag vor ihm ausgebreitet. Das Auf und Ab der Hügel; der Himmel über den Hügeln; Grün und Blau, Grün und Blau ins Unendliche.«

In dem ungewissen Licht konnten sie sehen, wie Mrs. Ivimey auf die Brüstung gelehnt dasaß, das Kinn auf die verschränkten Hände gestützt, als schaute sie von einem Turm über die Hügel.

»Nichts als Himmel und Hügel, Himmel und Hügel ins Unendliche«, murmelte sie.

Dann machte sie eine Gebärde, als schwenkte sie etwas in die richtige Stellung.

»Aber wie sah die Erde aus durch das Fernrohr?« Mit einer schnellen kleinen Bewegung der Finger schien sie jetzt an etwas zu drehen.

»Er stellte es ein«, sagte sie. »Er stellte es auf die Erde ein. Er stellte es auf die dunkle Masse von Wäldern am Himmelsrand ein. Er stellte es ein ... bis er jeden Baum sehen konnte ... jeden einzelnen Baum ... und die Vögel ... wie sie aufflogen und sich fallen ließen ... und einen Rauchfaden ... dort ... zwischen den Bäumen ... Und dann ... tiefer ... tiefer ... (sie senkte den Blick) ... da war ein Haus ... ein Haus zwischen den Bäumen ... ein Farmhaus ... jeder Ziegelstein war zu sehn ... und die grünen Kübel rechts und links der Haustür ... mit Blumen darin, blauen und rosaroten, vielleicht Hortensien ...« Sie hielt inne ... »Und dann trat ein Mädchen aus dem Haus ... Sie hatte etwas Blaues um den Kopf ... und sie stand dort ... und fütterte die Vögel ... Tauben ... sie kamen und flatterten um sie herum ... Und dann ... Schau! ... Ein Mann ... Ein Mann! Er kommt um die Ecke. Er umarmt sie! Sie küssen einander ... küssen einander.«

Mrs. Ivimey öffnete und schloß die Arme, als küßte sie jemand.

»Es war das erste Mal, daß er einen Mann eine Frau küssen sah – und durch sein Fernrohr – über alle die Hügel – meilenweit weg!«

Sie schob etwas heftig von sich – offenbar das Fernrohr. Und saß nun aufrecht.

»Da lief er die Wendeltreppe hinunter. Er lief durch die Wiesen. Er lief die Heckenwege entlang, auf die Landstraße hinaus, durch den Wald. Er lief Meilen und Meilen, und grade als die Sterne über den Bäumen erschienen, erreichte er das Haus . . . staubbedeckt, schweißtriefend . . .«

Sie hielt inne, als sähe sie ihn.

»Und dann, und dann . . . was tat er dann? Was sagte er? Und das Mädchen . . .« drängten sie alle.

Ein Lichtstrahl fiel auf Mrs. Ivimey, als hätte jemand die Linse eines Fernrohrs auf sie eingestellt. (Es war die R.A.F. auf der Suche nach feindlichen Flugzeugen.) Sie war aufgestanden. Sie hatte etwas Blaues über den Kopf; hielt die Hand vorgestreckt, als hielte sie eine Tür offen, ganz erstaunt.

»Ach, das Mädchen . . . das war doch –« sie zögerte, als hätte sie sagen wollen »ich selbst«, und sagte dann, als wäre es ihr eingefallen, sich verbessernd: »das war doch meine Urgroßmutter.«

Sie wandte suchend den Blick. Ihr Cape lag auf einem Stuhl hinter ihr.

»Aber erzählen Sie uns noch – was war mit dem andern Mann, dem Mann, der um die Ecke kam?« wurde sie gefragt.

»Dem Mann? Ach, der«, murmelte Mrs. Ivimey und bückte sich, nach ihrem Cape tastend (der Scheinwerfer war von dem Balkon weggeglitten), »der verschwand vermutlich.«

»Das Licht«, fügte sie hinzu und suchte ihre Sachen zusammen, »fällt immer nur auf einzelne Stellen.«

Der Scheinwerfer war weitergewandert. Er war jetzt auf die glatte breite Fläche des Buckinghampalasts gerichtet. Und es war Zeit, ins Theater zu gehn.

Das Vermächtnis

»Für Sissy Miller.« Gilbert Clandon hatte die Perlenbrosche ergriffen, die zwischen den andern Broschen und Ringen auf dem Tisch im Zimmer seiner Frau lag, und las den Zettel daran: »Für Sissy Miller in herzlichem Gedenken.«

Es sah Angela ähnlich, daß sie sogar an Sissy Miller gedacht hatte, an ihre Sekretärin. Aber war es nicht merkwürdig, überlegte Gilbert Clandon, und nicht zum ersten Mal, daß sie alles in solcher Ordnung zurückgelassen hatte, – irgendein kleines Andenken für jede Freundin, jeden Freund, als hätte sie ihren Tod vorausgeahnt? Aber sie war doch bei bester Gesundheit gewesen, als sie das Haus verließ, an jenem Vormittag vor sechs Wochen; als sie in Piccadilly vom Gehsteig auf die Fahrbahn trat und das Auto sie überfuhr.

Er wartete auf Sissy Miller. Er hatte sie gebeten zu kommen; diese besondre Rücksicht war er ihr wohl schuldig nach all den Jahren, die sie bei seiner Frau und ihm gewesen war. Ja, gingen seine Gedanken weiter, während er hier saß und wartete, es war sonderbar, daß Angela alles in solcher Ordnung hinterlassen hatte. Jedem ihrer Freunde hatte sie irgendein kleines Zeichen ihrer Zuneigung vermacht. An jedem Ring, jeder Halskette, jeder kleinen chinesischen Dose – sie hatte eine Leidenschaft für kleine Dosen gehabt – war ein Name befestigt. Und jedes dieser Dinge bedeutete für ihn eine Erinnerung. Dieses hier hatte er ihr geschenkt; auf das da, diesen kleinen emaillierten Delphin mit den Rubinaugen, hatte sie sich förmlich gestürzt, damals, in dem Gäßchen in Venedig. Er konnte sich an ihren kleinen Ausruf des Entzückens erinnern.

Ihm persönlich hatte sie insbesondere natürlich nichts hinterlassen, ausgenommen vielleicht ihr Tagebuch. Fünfzehn kleine Bände in grünem Leder standen hinter ihm auf ihrem Schreibtisch. Vom ersten Tag ihrer Ehe an hatte sie ein Tagebuch geführt. Einige der sehr wenigen – man konnte kaum sagen, Streitigkeiten, eher – kleinen Meinungsverschiedenheiten zwischen ihnen hatten sich um dieses Tagebuch gedreht. Wenn er ins Zimmer trat und sie beim Schreiben fand, hatte sie immer das Buch zugeklappt oder die Hand darüber gedeckt. »Nein, nein, nein«, konnte er sie sagen hören. »Nach meinem Tod – vielleicht.« Das war nun also ihr Vermächtnis für ihn. Es war das einzige, was sie nicht miteinander geteilt hatten, als sie noch lebte. Und er hatte doch immer als selbstverständlich angenommen, daß sie ihn überleben werde. Hätte sie nur einen Augenblick innegehalten und daran gedacht, was sie tat, dann wäre sie jetzt noch am Leben. Aber sie war glattweg vom Gehsteig auf die Fahrbahn getreten, so hatte der Fahrer bei der Untersuchnng ausgesagt. Sie hatte ihm keine Möglichkeit zum Bremsen gelassen ... Hier unterbrachen ihn Stimmen in der Halle draußen.

»Miss Miller ist hier«, sagte das Mädchen, die Tür öffnend. Sie trat ein. Er hatte sie nie im Leben allein gesehen, und natürlich nie in Tränen. Sie war sehr bekümmert. Kein Wunder. Angela war für sie viel mehr als bloß die Arbeitgeberin, sie war ihr eine Freundin gewesen. Für ihn selbst, dachte er, während er den Stuhl zurechtrückte und sie bat, sich zu setzen, war sie kaum von irgendeiner andern ihrer Sorte zu unterscheiden. Es gab tausende Sissy Millers, unscheinbare kleine Geschöpfe in Schwarz mit Aktentaschen. Aber Angela, mit ihrer Begabung für Mitgefühl, hatte alle möglichen Vorzüge in Sissy Miller entdeckt: sie sei die Diskretion selbst; so verschwiegen; so vertrauenswürdig; man könne ihr alles erzählen und so weiter.

Miss Miller vermochte anfänglich gar nicht zu sprechen. Sie saß da und betupfte sich die Augen mit dem Taschentuch. Dann nahm sie sich zusammen.

»Verzeihung, Mr. Clandon«, sagte sie.

Er murmelte. Natürlich verstehe er. Es sei nur zu begreiflich. Er könne sich vorstellen, was seine Frau ihr bedeutet habe.

»Ich bin hier so glücklich gewesen«, sagte sie, umherblikkend. Ihre Augen ruhten auf dem Schreibtisch hinter ihm. Dort hatten sie zusammen gearbeitet – sie und Angela. Denn Angela hatte voll und ganz die Verpflichtungen auf sich genommen, die nun einmal das Los der Frau eines bedeutenden Politikers sind. Sie war ihm eine große Hilfe in seiner Karriere gewesen. Er hatte sie so oft mit Sissy an diesem Tisch sitzen sehen – Sissy hinter der Schreibmaschine, wie sie Briefe nach Diktat schrieb. Zweifellos dachte auch Miss Miller daran. Jetzt blieb ihm nichts mehr zu tun, als ihr die Brosche zu übergeben, die seine Frau ihr vermacht hatte. Es schien ihm kein sehr angemessenes Geschenk zu sein. Eine Geldsumme wäre wohl ein passenderes Vermächtnis gewesen, oder vielleicht sogar die Schreibmaschine. Aber so war es nun einmal – »Für Sissy Miller in herzlichem Gedenken.« Und er nahm die Brosche und überreichte sie ihr, mit der kleinen Ansprache, die er vorbereitet hatte. Er wisse, sagte er, daß sie die Brosche schätzen werde. Seine Frau habe sie oft getragen ... Und sie antwortete, als sie sie nahm, beinahe so, als hätte auch sie ihre Worte vorbereitet, daß die Brosche stets eins ihrer am allermeisten geschätzten Besitztümer sein werde ... Vielleicht besaß sie andre Kleider, sagte er sich, auf denen eine Perlenbrosche nicht ganz so unangebracht aussähe. Sie trug das schwarze Kostüm, das die Uniform ihres Berufs zu sein schien. Und dann fiel ihm ein – natürlich, sie war in Trauer. Auch sie hatte ihre Tragödie erlebt – ihr Bruder, an dem sie sehr gehangen hatte, war kaum eine Woche vor Angela gestorben. War es nicht ein Unfall gewesen? Er konnte sich nicht erinnern – nur, daß Angela ihm davon erzählt hatte. Angela, mit ihrer Begabung für Mitgefühl, war sehr unglücklich darüber gewesen.

Mittlerweile war Sissy Miller aufgestanden und zog ihre Handschuhe an. Offenbar wollte sie ihm nicht weiter lästig fallen. Aber er konnte sie nicht gehen lassen, ohne etwas über ihre Zukunft zu sagen. Was für Pläne habe sie? Könne er ihr auf irgendeine Weise behilflich sein?

Sie starrte auf den Schreibtisch, wo sie hinter ihrer Maschine gesessen hatte, wo jetzt die Tagebücher standen, und beantwortete, in ihre Erinnerungen an Angela versunken, seinen Vorschlag, ihr zu helfen, nicht sogleich. Sie schien im Augenblick nicht zu verstehn, was er meinte. Er wiederholte seine Frage.

»Was sind Ihre Pläne, Miss Miller?«

»Pläne? Oh, das ist alles in Ordnung, Mr. Clandon«, rief sie aus. »Bitte, machen Sie sich meinetwegen keine Gedanken.«

Er verstand das dahin, daß sie keine finanzielle Hilfe brauchte. Und er begriff, daß es besser wäre, solche Vorschläge brieflich zu machen. Im Augenblick konnte er nichts tun, als ihr die Hand drücken und sagen: »Denken Sie daran, Miss Miller, wenn ich Ihnen auf irgendeine Weise behilflich sein kann, werde ich es mit Freuden tun ...« Dann öffnete er die Tür. Sie zögerte einen Augenblick auf der Schwelle, als hätte sie sich plötzlich auf etwas besonnen.

»Mr. Clandon«, begann sie und sah ihm zum ersten Mal voll ins Gesicht, und zum ersten Mal fiel ihm der mitfühlende und doch auch forschende Ausdruck in ihren Augen auf. »Wenn es irgendwann«, fuhr sie fort, »etwas gibt, wobei ich Ihnen helfen kann, dann denken Sie bitte daran, daß es mir, um Ihrer Frau willen, eine Freude sein wird ...«

Und damit war sie auch schon gegangen. Ihre Worte und der Blick, der die begleitete, waren unerwartet gewesen. Beinahe, als glaubte oder hoffte sie, daß er sie brauchen werde. Ihm kam ein sonderbarer, vielleicht phantastischer Gedanke, als er zum Lehnstuhl zurückging. War es möglich, daß sie alle diese Jahre hindurch, während er sie kaum beachtete, eine heimliche Liebe zu ihm im Herzen getragen hatte, wie die Romanschreiber sagten? Er betrachtete sich im Vorbeigehn im Spiegel. Wenn er auch über Fünfzig war, mußte er doch zugeben, daß der Spiegel ihn immer noch als einen sehr distinguiert aussehenden Mann zeigte.

»Arme Sissy Miller!« sagte er sich, halb lachend. Wie gern würde er diesen Spaß mit seiner Frau geteilt haben! Instinktiv wandte er sich den Tagebüchern zu. »Gilbert«, las er, als er das erste aufs geratewohl öffnete, »sah fabelhaft aus ...« Es war, als hätte sie geantwortet. Gewiß, schien sie zu sagen, du wirkst sehr anziehend auf Frauen; gewiß empfand das auch Sissy Miller. Er las weiter. »Wie stolz bin ich, seine Frau zu sein!« Und er war immer stolz darauf gewesen, ihr Mann zu sein. Wie oft hatte er sie, wenn sie miteinander außer Haus aßen, über den Tisch hinweg angesehen und sich gedacht: Sie ist die scharmanteste Frau hier! Er las weiter. In diesem ersten Jahr war er als Kandidat für das Unterhaus aufgestellt gewesen. Sie waren in seinem Wahlkreis umhergereist. »Als Gilbert sich setzte, gab es ungeheuern Applaus. Der ganze Saal stand auf und sang: ›Hoch soll er leben ...‹ Ich war ganz überwältigt.« Auch er erinnerte sich. Sie hatte neben ihm auf dem Podium gesessen. Er konnte noch den Blick sehen, den sie ihm zugeworfen hatte, und die Tränen in ihren Augen. Und dann? Er wandte die Seiten um. Sie waren nach Venedig gefahren. Er rief sich jene glücklichen Ferien nach der Wahl ins Gedächtnis zurück. »Wir aßen Eis bei Florian.« Er lächelte. Was für ein Kind sie damals noch gewesen war, ganz wild auf Eis. »Gilbert gab mir einen sehr interessanten Abriß der Geschichte von Venedig. Er erzählte, wie die Dogen ...« Sie hatte es alles eingetragen, mit ihrer Schulmädchenschrift. Ein großer Genuß für ihn auf seinen Reisen mit Angela war es gewesen, daß sie so lernbegierig war. Sie sei so schrecklich unwissend, pflegte sie zu sagen, als wäre grade das nicht einer ihrer Reize gewesen. Und dann – er öffnete den nächsten Band – waren sie nach London zurückgekommen. »Es lag mir so viel daran, einen guten Eindruck zu machen. Ich trug mein Hochzeitskleid.« Er konnte sie neben dem alten Sir Edward sitzen sehen und, wie sie ihn eroberte, den formidablen alten Mann, seinen Chef. Er las schnell weiter und füllte nach ihren skizzenhaften Sätzen Szene auf Szene aus. »Dinner im Unterhaus ... Abendgesellschaft bei den Lovegroves. Ob ich mir meiner Verantwortung als Gilberts Frau bewußt sei, fragte mich Lady L.«

Dann, als die Jahre vergingen – er nahm einen der nächsten Bände vom Schreibtisch – war er immer mehr von seiner Arbeit in Anspruch genommen worden. Und Angela war natürlich häufiger allein geblieben ... Es war offenbar sehr schmerzlich für sie gewesen, daß sie keine Kinder hatten. »Wie gern wollte ich«, stand da an einer Stelle, »daß Gilbert einen Sohn hätte!« Sonderbarerweise hatte er selbst es nie besonders bedauert. Sein Leben war ohnedies so ausgefüllt und reich gewesen. In jenem Jahr hatte er einen untergeordneten Posten im Kabinett erhalten. Nur einen untergeordneten, aber sie hatte dazu bemerkt: »Jetzt bin ich ganz sicher, daß er Premierminister werden wird!« Tja, wäre manches anders gekommen, hätte das wohl so sein können. Er hielt inne und überlegte, was alles hätte sein können. Politik war ein Glücksspiel, dachte er; aber das Spiel war noch nicht zu Ende. Nicht mit Fünfzig. Er ließ den Blick schnell über Seiten fliegen, welche mit den kleinen Nichtigkeiten angefüllt waren, den belanglosen, heitern täglichen Nichtigkeiten, die Angelas Leben ausgemacht hatten.

Er griff nach einem andern Band und schlug ihn in der Mitte auf. »Wie feig bin ich doch! Ich habe schon wieder die Chance verpaßt. Aber es erscheint mir so selbstsüchtig, ihn mit meinen Privatangelegenheiten zu belasten, wenn er so viel andres zu bedenken hat. Und wir haben jetzt so selten einen Abend für uns allein.« Um was handelte es sich wohl? Ah, hier war die Erklärung – es bezog sich auf ihre Tätigkeit in dem Armenviertel. »Ich nahm also meinen Mut zusammen und sprach endlich mit Gilbert. Er war so lieb und gütig. Er machte keine Einwendungen.« Er erinnerte sich an dieses Gespräch. Sie hatte ihm gesagt, sie komme sich so müßig vor, so zwecklos. Sie wünschte, sie hätte ihre eigene Arbeit. Sie wolle etwas tun – er erinnerte sich, wie sie auf diesem selben Stuhl gesessen hatte und so reizend errötet war, – um andern zu helfen. Er hatte sie ein bißchen geneckt. Habe sie nicht genug damit zu tun, sich um ihn zu kümmern, um ihr Heim? Aber wenn es ihr Spaß mache, werde er natürlich keine Einwände erheben. Was sei es denn? Fürsorgearbeit in einem Elendsviertel? Ein Komitee? Sie müsse nur versprechen, sich nicht krank zu machen! Und so schien es, daß sie jeden Mittwoch nach Whitechapel gefahren war. Er wußte noch, wie er die Kleider gehaßt hatte, die sie für diese Gelegenheit anzog. Aber es sah so aus, als hätte sie es sehr ernst genommen. Das Tagebuch war voll von Eintragungen wie: »Besuchte Mrs. Jones ... Sie hat zehn Kinder ... Mann verlor den Arm durch einen Unfall ... Bemühte mich, eine Stelle für Lily zu finden.«

Er übersprang vieles im Weiterlesen. Sein eigener Name tauchte jetzt weniger oft auf. Sein Interesse ließ nach. Manche Eintragungen bedeuteten gar nichts für ihn. Zum Beispiel: »Hatte eine hitzige Debatte mit B.M. über Sozialismus.«

Wer war B.M.? Er konnte die Initialen nicht ergänzen; wahrscheinlich irgendeine Frau, die sie in einem ihrer Komitees kennengelernt hatte. »B.M. zog ganz wild über die obern Klassen her ... Nach der Versammlung ging ich mit B.M. zu Fuß nach Hause und bemühte mich, ihn zu überzeugen. Aber er ist so engstirnig.« Demnach war B.M. ein Mann – wahrscheinlich einer dieser »Intellektuellen«, wie sie sich selber nannten, die so wild waren, wie Angela sagte, und so engstirnig. Sie hatte ihn offenbar eingeladen, sie zu besuchen. »B.M. kam zum Abendessen. Er reichte Minnie die Hand!« Das Ausrufungszeichen gab der Vorstellung von ihm eine andre Wendung. Es schien, daß B.M. nicht an Stubenmädchen gewöhnt war; er hatte Minnie die Hand gereicht. Vermutlich war er so ein »gezähmter Arbeiter«, der seine Ansichten in den Salons von Damen zum besten gab. Gilbert kannte die Sorte und hatte nicht viel für dieses besondere Exemplar übrig, wer immer B.M. sein mochte. Hier kam er schon wieder vor. »War mit B.M. im Tower ... Er sagte, die Revolution müsse kommen ... Er sagte, wir leben in einem Narrenparadies.« Das war genau das, was dieser B.M. sagen würde – Gilbert konnte ihn hören. Er konnte ihn auch deutlich vor sich sehen – ein untersetzter, kleiner Mann mit struppigem Bart, roter Krawatte und, wie solche sich immer kleiden, in einem rauhen Tweedanzug; einer, der nie im Leben auch nur einen Tag ehrliche Arbeit geleistet hatte. Angela war doch gewiß vernünftig genug gewesen, ihn zu durchschauen? Er las weiter. »B.M. machte ein paar sehr unerfreuliche Bemerkungen über –« Der Name war sorgfältig ausradiert. »Ich sagte ihm, ich würde mir keine weitern Beschimpfungen —s von ihm anhören.« Wieder war der Name unleserlich gemacht. Konnte es sein eigner gewesen sein? War das der Grund, daß Angela immer so schnell die Seite verdeckte, wenn er ins Zimmer kam? Der Gedanke steigerte seine wachsende Abneigung gegen B.M. Der Kerl hatte die Unverschämtheit besessen, hier in diesem Zimmer über ihn zu reden und ihn zu kritisieren. Warum hatte Angela ihm nie etwas davon gesagt? Es sah ihr so gar nicht ähnlich, irgend etwas zu verheimlichen; sie war die Aufrichtigkeit selbst gewesen. Er wandte die Seiten um und suchte jeden Hinweis auf B.M. zu finden. »B.M. erzählte mir von seiner Kindheit. Seine Mutter ging scheuern . . . Wenn ich daran denke, kann ich es kaum ertragen, in solchem Luxus weiterzuleben . . . Drei Guineen für einen Hut!« Wenn sie das doch nur mit ihm selbst besprochen hätte, statt sich ihr armes Köpfchen über Fragen zu zerbrechen, die für sie viel zu schwer zu verstehn waren!

Er hatte ihr Bücher zu lesen gegeben, *Karl Marx . . . Die kommende Revolution. . .* Die Anfangsbuchstaben B.M., B.M., B.M. kamen immer wieder vor. Aber warum nie der volle Name? Der Gebrauch der Anfangsbuchstaben deutete auf eine Informalität, eine Intimität, die Angela so gar nicht ähnlich sah. Hatte sie ihn vertraulich mit »B.M.« angeredet? Er las weiter. »B.M. kam unerwartet nach dem Abendessen. Glücklicherweise war ich allein.« Das war vor nur einem Jahr gewesen. »Glücklicherweise« – warum glücklicherweise? – »war ich allein.« Wo war er selbst an jenem Abend gewesen? Er schlug das Datum in seinem Vormerkkalender nach. Bei dem Bankett des Lord Mayors im Mansion House. Und B.M. und Angela waren allein miteinander gewesen! Er versuchte, sich an den Abend zu erinnern. Hatte sie auf ihn gewartet, bis er nach Hause kam? Hatte das Zimmer wie gewöhnlich ausgesehen? Hatten Gläser auf dem Tisch gestanden? Waren die Lehnstühle nahe zusammengerückt gewesen? Er konnte sich an nichts erinnern, an gar nichts, nur an seine Tischrede im Mansion House. Es wurde ihm immer unerklärlicher – das Ganze. Also seine Frau empfing allein einen ihm unbekannten Mann. Vielleicht kam die Erklärung im nächsten Band. Er griff hastig nach dem letzten der Tagebücher – dem, das sie unausgeschrieben gelassen hatte, als sie starb. Hier, gleich auf der allerersten Seite, war schon wieder dieser verdammte Kerl. »Aß allein mit B.M. zu Abend ... Er wurde sehr aufgeregt, sagte, es sei Zeit, daß wir einander verstünden ... Ich versuchte, ihn dazu zu bewegen, mich anzuhören. Unmöglich. Er drohte, falls ich nicht ...« Der Rest der Seite war unleserlich gemacht. Sie hatte überall »Ägypten, Ägypten, Ägypten« darübergekritzelt. Er konnte kein Wort davon entziffern; aber es gab nur eine einzige Erklärung: der Schuft hatte verlangt, sie solle seine Geliebte werden. Allein in seinem Zimmer! Das Blut stieg Gilbert Clandon ins Gesicht. Er überflog die nächsten Seiten. Was war ihre Antwort gewesen? Die Anfangsbuchstaben hatten aufgehört. Jetzt stand da nur noch »er«. »Er kam wieder. Ich sagte ihm, ich könne mich nicht entscheiden ... Flehte ihn an, von mir zu lassen.« Er hatte sich ihr aufgedrängt, hier in diesem Haus. Aber warum hatte sie ihm nichts davon gesagt? Wie konnte sie nur einen Augenblick gezögert haben? Dann: »Ich schrieb ihm einen Brief.« Die Seiten für die nächsten Tage waren leer. Dann stand da: »Keine Antwort auf meinen Brief.« Wieder leere Seiten; und dann: »Er hat seine Drohung wahrgemacht.« Danach – was kam danach? Er wandte Seite auf Seite um. Sie waren alle leer. Aber hier, am Tag vor ihrem Tod, war eine Eintragung. »Habe ich den Mut, dasselbe zu tun?« Das war die letzte.

Gilbert Clandon ließ das Buch zu Boden gleiten. Er konnte sie vor sich sehen. Sie stand am Rand des Gehsteigs in Piccadilly. Ihre Augen blickten starr; ihre Hände waren geballt. Hier kam das Auto ...

Er konnte es nicht länger ertragen. Er mußte die Wahrheit wissen. Mit großen Schritten ging er zum Telephon.

»Miss Miller?« Stille. Dann hörte er, wie sich jemand in dem Zimmer bewegte.

»Hier ist Sissy Miller«, kam endlich ihre Stimme.

»Wer«, donnerte er, »ist B.M.?«

Er konnte die billige Uhr dort auf dem Kaminsims ticken hören; dann den langen Seufzer. Endlich sagte sie:

»Er war mein Bruder.«

Ihr Bruder! Der Bruder, der Selbstmord begangen hatte.

»Gibt es«, hörte er Sissy Miller fragen, »irgend etwas, das ich Ihnen vielleicht erklären kann?«

»Nein!« rief er. »Nichts!«

Er hatte sein Vermächtnis erhalten. Sie hatte ihm die Wahrheit gesagt. Sie war vom Gehsteig hinunter, um mit dem Mann, den sie liebte, wieder vereint zu sein. Und um ihm selbst zu entfliehen.

So nah – so fern

Clarissa Dalloway stellte ihn ihr vor und sagte, er werde ihr gefallen. Das Gespräch begann einige Minuten bevor irgend etwas gesagt wurde, denn beide, Mr. Serle und Miss Anning, sahen zum Himmel auf, und in beider Gemüt ließ der Himmel weiter seine Bedeutung, wenngleich eine ganz verschiedene, einströmen, bis die Anwesenheit Mr. Serles an ihrer Seite so deutlich für Miss Anning wurde, daß sie den Himmel, ihn allein, ihn selbst, nicht mehr zu sehen vermochte, sondern nur noch gestützt von der hohen, schlanken Gestalt mit den dunkeln Augen, den grauen Haaren, den verschränkten Händen, dem ernsten, schwermütigen (aber ihr war gesagt worden, »unecht schwermütigen«) Gesicht Roderick Serles, und obgleich sie wußte, wie töricht so etwas war, fühlte sie sich genötigt zu sagen:

»Was für eine schöne Nacht!«

Töricht! Idiotisch töricht! Aber wenn man nicht töricht sein darf im Alter von vierzig Jahren, in Gegenwart des Himmels, welche die Weisesten zu Schwachsinnigen macht – zu bloßen Strohwischen – sie und Mr. Serle zu Atomen, Stäubchen, wie sie so hier an Mrs. Dalloways Fenster standen, und ihre Leben, bei Mondlicht besehen, so kurz wie die von Insekten, und auch nicht wichtiger ...

»Also!« sagte Miss Anning und tätschelte das Sofakissen mit Nachdruck, und schon hatte er sich neben sie gesetzt. War er »unecht schwermütig«, wie man behauptete? Vom Himmel dazu angeregt, der das alles ein wenig unwesentlich zu machen schien – alles, was sie sprachen, was sie taten, – sagte sie abermals etwas völlig Gemeinplätziges:

»Es gab eine Miss Serle in Canterbury, als ich als junges Mädchen dort lebte.«

Da ihm der Himmel im Sinn lag, erschienen Mr. Serle alle die Grabmäler seiner Vorfahren sogleich in einem blauen, romantischen Licht, und mit Augen, die sich erweiterten und verdunkelten, sagte er: »Ja, wir sind ursprünglich eine normannische Familie, die mit dem Eroberer herüberkam. Ein Richard Serle liegt in der Kathedrale begraben. Er war ein Ritter des Hosenbandordens.«

Miss Anning fühlte, daß sie zufällig an den echten Mann geraten war, auf dem der unechte aufgebaut war. Unter dem Einfluß des Monds (des Monds, der für sie das Männliche symbolisierte; sie konnte ihn durch einen Spalt des Vorhangs sehen und schöpfte immer wieder aus ihm) war sie imstande, fast alles Erdenkliche zu sagen, und sie machte sich nun daran, den echten Mann hervorzuholen, der unter dem unechten begraben war, und rief sich dabei zu: »Drauf, Stanley, drauf!« – was ein Schlachtruf von ihr war, ein geheimer Sporn oder eine Geißel, wie Leute mittleren Alters sie sich oft verfertigen, um ein eingefleischtes Laster zu züchtigen; das ihre war eine bedauerliche Schüchternheit oder vielmehr Indolenz, denn es fehlte ihr nicht so sehr an Mut wie an Energie, besonders im Gespräch mit Männern, von welchen sie sich ziemlich eingeschüchtert fühlte, und daher versandete, was sie sagte, so oft in öden Gemeinplätzen, und sie hatte nur wenige Männer zu Freunden – überhaupt wenige vertraute Freundschaften, so dachte sie, aber brauchte sie die denn? Nein. Sie hatte Sarah, Arthur, das Häuschen, den Chow und, selbstverständlich *das*, dachte sie (darin eintauchend, sich durchtränkend damit, sogar während sie hier auf dem Sofa neben Mr. Serle saß), dieses Gefühl, das sie immer hatte, sobald sie nach Hause kam, es sei hier etwas angesammelt, ein kleiner Hort von Wundern; ein Gefühl, von dem sie nicht zu glauben vermochte, daß andre Leute es auch hatten (da nur sie es war, die Arthur, Sarah, das Häuschen und den Chow besaß), doch sie durchtränkte sich abermals mit der tiefen Befriedigung über ihren Besitz und fühlte, daß sie mit alledem und dem Mond (Musik war er, der Mond) es sich leisten könne, diesen Mann und seinen Stolz auf die begrabenen Serles begraben sein zu lassen. Nein! Das war die Gefahr – sie durfte nicht in Teilnahmslosigkeit versinken – nicht in ihrem Alter. »Drauf, Stanley, drauf!« sagte sie sich und fragte ihn:

»Kennen Sie selbst Canterbury?«

Ob er Canterbury kenne! Mr. Serle lächelte und dachte, was für eine absurde Frage das sei – wie wenig sie wußte, diese nette, stille Frau, die irgendein Instrument spielte und intelligent zu sein schien und gütige Augen hatte und eine sehr hübsche alte Halskette trug – wie wenig sie wußte, was diese Frage bedeutete. Gefragt zu werden, ob er Canterbury kenne! Wenn die besten Jahre seines Lebens, alle seine Erinnerungen, Dinge, die er nie irgend jemand hatte sagen können, aber zu schreiben versucht hatte – ah ja, sie zu schreiben versucht hatte (und er seufzte) – wenn alle diese ihren Mittelpunkt in Canterbury gehabt hatten; es brachte ihn zum Lachen.

Sein Seufzen und dann sein Lachen, seine Schwermut und sein Humor bewirkten, daß Leute ihn gut leiden konnten, und er wußte das. Und doch hatte, gut gelitten zu sein, keine Entschädigung für die Enttäuschung geboten, und wenn er die Leute, die ihn gern hatten, ausnützte (Sympathie bezeigenden Damen lange, lange Besuche machte), geschah es halb verbittert, denn er hatte nie auch nur ein Zehntel von dem getan, was er hätte tun können und während seiner Jugend in Canterbury zu tun geträumt hatte. Fremden gegenüber empfand er ein Wiederaufleben von Hoffnung, denn die konnten nicht sagen, daß er seine Versprechungen nicht erfüllt habe, und seinem Scharm erliegend, gäben sie ihm vielleicht einen neuen Start – mit fünfzig! Miss Anning hatte die Sprungfeder berührt. Wiesen und Blumen und graue Gebäude rieselten in seinen Geist herab, bildeten silberige Tropfen an den öden, düstern Mauern seines Geistes und rannen hinunter. Mit einem solchen Bild begannen seine Gedichte oft. Er fühlte auch jetzt, neben dieser stillen Frau sitzend, das Verlangen, Bilder zu erfinden.

»Ja, ich kenne Canterbury«, sagte er im Ton sentimentalen Gedenkens und, so fühlte Miss Anning, zu diskreten Fragen auffordernd, und das war es, was ihn für so viele Leute interessant machte, und es war diese außerordentliche Leichtigkeit, mit der er auf ein Gespräch einging, was ihn zugrundegerichtet hatte, so dachte er oft, wenn er seine Manschettenknöpfe herausnahm und seine Schlüssel und das Kleingeld auf den Ankleidetisch legte nach einer dieser Gesellschaften (er ging während der *season* bisweilen fast jeden Abend aus), und wurde, sobald er dann morgens herunterkam, ganz anders, war beim Frühstück verdrossen, unfreundlich zu seiner Frau, die leidend war und nie ausging, aber alte, sie manchmal besuchende Freunde hatte, größtenteils Frauen, welche sich für indische Philosophie und verschiedene Kuren und verschiedene Ärzte interessierten, was Roderick Serle mit einer ätzenden Bemerkung beiseitefegte, die zu gescheit war, als daß seine Frau anders entgegnen konnte als mit sanften Vorhaltungen und ein paar Tränen, – er hatte versagt, so dachte er oft, weil er sich nicht völlig loszumachen vermochte von der Gesellschaft und von dem Beisammensein mit Frauen, das für ihn so nötig war, und sich nicht hinsetzte und schrieb. Er hatte sich zu tief ins Leben eingelassen – und dabei schlug er dann ein Knie übers andre (alle seine Bewegungen waren ein wenig unkonventionell und distinguiert) und tadelte nicht sich selbst dafür, sondern gab die Schuld dem Reichtum seiner Natur, die er zu seinen Gunsten mit, zum Beispiel, der von Wordsworth verglich, und da er Leuten so viel gegeben hatte, fühlte er, den Kopf in die Hände stützend, sollten sie hinwieder ihm helfen, und dies war das Vorspiel, das vibrierende, fesselnde, aufregende, zu einem Gespräch; und Bilder sprudelten in seinem Geist auf.

»Sie ist wie ein Obstbaum – wie ein blühender Kirschbaum«, sagte er, auf eine jugendlich aussehende Frau mit schönem weißem Haar blickend. Ein hübsches Bild, dachte Ruth Anning, – recht hübsch. Aber sie war nicht sicher, ob sie diesen distinguierten, schwermütigen Mann mit seinen Gebärden wirklich mochte; und es ist seltsam, dachte sie, wie die Gefühle, die man hat, beeinflußt werden. Sie mochte *ihn* nicht, obgleich ihr sein Vergleich einer Frau mit einem Kirschbaum recht gut gefiel. Fasern von ihr wurden launisch dahin und dorthin geflutet wie die Fühler einer See-Anemone, bald erregt, bald zurückgestoßen; und ihr Gehirn, meilenweit weg, kühl und fern, hoch in der Luft, empfing Botschaften, welche es mit der Zeit zusammenfassen würde, so daß, wenn die Leute über Roderick Serle redeten (und er war so etwas wie eine »Figur«), sie ohne Zögern sagen würde: »Ich kann ihn gut leiden« oder »Ich mag ihn nicht«, und ihre Meinung von ihm für immer gebildet wäre. Ein sonderbarer Gedanke; ein feierlicher Gedanke; er warf ein neues Licht darauf, woraus menschliche Kameradschaft bestand.

»Sonderbar, daß Sie Canterbury kennen«, sagte Mr. Serle. »Es ist immer ein Schock«, setzte er fort (die weißhaarige Dame war vorbeigegangen), »wenn man jemand trifft« (sie waren einander nie zuvor begegnet), »sozusagen zufällig, der den Rand dessen berührt, was einem selbst sehr viel bedeutet hat, ihn zufällig berührt, denn ich vermute, daß

Canterbury für Sie nichts weiter war als ein hübsches altes Städtchen. Also Sie wohnten einmal einen Sommer lang dort bei einer Tante?« (Das war alles, was Ruth Anning ihm über ihren Besuch in Canterbury zu sagen gedachte.) »Und Sie besichtigten die Sehenswürdigkeiten und verließen es und dachten nie wieder daran.«

Sollte er das nur glauben! Weil sie ihn nicht mochte, wollte sie, daß er mit einer absurden Vorstellung von ihr weggehe. Denn in Wirklichkeit waren die drei Monate in Canterbury für sie ganz erstaunlich gewesen. Sie erinnerte sich bis in die kleinste Einzelheit, obgleich es nur einem Zufall zu danken gewesen war, daß sie Miss Charlotte Serle besuchte, eine Bekannte ihrer Tante. Sogar jetzt noch konnte sie wortwörtlich wiederholen, was Miss Serle übers Donnern gesagt hatte. »Wann immer ich davon aufwache oder es in der Nacht donnern höre, denke ich, ›jemand ist getötet worden‹.« Und sie konnte den harten, haarigen, rhombisch gemusterten Teppich vor sich sehen und die zwinkernden, geröteten braunen Augen der ältlichen Dame, die ihr die ungefüllte Teetasse reichte, während sie vom Donnern sprach. Und immer sah sie Canterbury als lauter Gewitterwolken und fahle Apfelblüten und lange graue Rückseiten von Gebäuden.

Das Donnern riß sie aus ihrer bei Leuten mittleren Alters nicht selten von Blutandrang herrührenden dösigen Gleichgültigkeit. »Drauf, Stanley, drauf!« sagte sie sich; das hieß, der Mann da solle nicht wie alle andern mit dieser falschen Annahme aus ihrem Leben gleiten; ihm wollte sie die Wahrheit sagen.

»Ich liebte Canterbury«, sagte sie.

Daran entzündete er sich sogleich. Das war seine besondre Gabe, sein Fehler, sein Schicksal.

»Sie liebten es«, wiederholte er. »Ja, das kann ich sehen.«

Ihre Fühler sandten die Botschaft zurück, daß Roderick Serle ein netter Mensch sei.

Die Augen der beiden begegneten einander; stießen vielmehr zusammen, denn sie und er fühlten, daß hinter den Augen das in Abgeschlossenheit lebende Wesen, das in Dunkelheit sitzt, während sein oberflächlicher, beweglicher Gefährte all das Hopsen und Händewinken besorgt und die Vorstellung in Gang hält, sich plötzlich aufreckte; seinen Mantel abwarf; dem andern entgegentrat. Es war beunruhigend. Es war furchteregend. Sie waren beide ältlich und zu einer schimmernden Glätte abgeschliffen, so daß Roderick Serle vielleicht auf ein Dutzend Gesellschaften ging und nichts Ungewöhnliches empfand oder nur sentimentales Bedauern und das Verlangen, hübsche Vergleiche – wie den mit dem Kirschbaum in voller Blüte – zu finden, und die ganze Zeit ruhte unerschütterlich da in ihm eine Art von Überlegenheitsgefühl gegenüber den andern in der Gesellschaft, ein Gefühl von unangezapften Hilfsquellen, das ihn unzufrieden mit dem Leben nach Hause sandte, unzufrieden mit sich selbst, gähnend, leer, launenhaft. Nun aber, ganz plötzlich, wie ein greller Pfeil aus einem Nebel (aber dieses Bild schmiedete sich ganz von selbst mit der Unvermeidlichkeit des Blitzes und war da), nun war es geschehen; die alte Ekstase des Lebens; dieser unbesiegliche Angriff; und es war unangenehm, füllte einem, zugleich damit, daß es einen erfreute und verjüngte, die Adern und Nerven mit Fäden von Eis und Feuer; es war erschreckend.

»Canterbury vor zwanzig Jahren«, sagte Miss Anning, wie man einen Schirm über ein grelles Licht stülpt oder das brennende Rot eines Pfirsichs mit einem grünen Blatt bedeckt, weil es zu stark, zu reif, zu üppig ist.

Manchmal wünschte sie, sie hätte geheiratet. Manchmal erschien ihr der kühle Friede der Mitte des Lebens mit seinen automatischen Vorrichtungen zum Schutz des Gemüts und des Körpers vor Verletzungen als etwas Minderwertiges, verglichen mit dem Donnern und der fahlen Apfelblüte von Canterbury. Sie vermochte sich etwas andres vorzustellen, mehr wie ein Blitzen, etwas Heftigeres. Sie konnte sich eine körperliche Empfindung vorstellen, sie konnte sich vorstellen –

Und seltsamerweise, denn sie hatte ihn nie zuvor gesehen, sandten ihre Sinne, diese Fühler, die erregt und zurückgestupst worden waren, nun keine Botschaften mehr aus, lagen nun still, als kennten sie und Mr. Serle einander so völlig, wären tatsächlich so eng vereint, daß sie sich nebeneinander auf dieser Strömung nur treiben zu lassen brauchten.

Nichts ist so seltsam wie der Umgang mit Menschen, dachte sie; wegen seiner Umschwünge, seiner außerordentlichen Irrationalität; denn ihre Abneigung war nun nahezu heftigste und verzückteste Liebe geworden, aber sogleich, als ihr das Wort »Liebe« einfiel, verwarf sie es und dachte abermals, wie unklar der Geist sei mit seinen sehr wenigen Wörtern für alle diese erstaunlichen Wahrnehmungen, diese wechselnden Empfindungen von Schmerz und Lust. Denn wie sollte man dies nennen? Nämlich, was sie nun fühlte. Diese Zurücknahme menschlicher Zuneigung – Serles Verschwinden und die unverzügliche Notwendigkeit, der sie sich beide unterworfen fühlten, zu bemänteln, was so verheerend und entwürdigend für die menschliche Natur war, daß jedermann es schicklich zu verbergen, zu begraben suchte, – dieser Entzug, diese Verletzung von Vertrauen. Und eine anständige, anerkannte und allgemein gültige Bestattungsart zu finden trachtend, sagte sie:

»Selbstverständlich, was immer man ihm vielleich noch antun wird, Canterbury ist nicht zu verschandeln.«

Er lächelte; er ließ das gelten; er schlug das andre Knie

über. Sie spielte ihre Rolle; er die seine. So nahm das Ganze ein Ende. Und über sie beide kam sogleich diese lähmende Gefühlsleere, wenn nichts aus dem Gemüt hervorbricht, wenn seine Wände wie aus Schieferplatten zu sein scheinen; wenn Leere beinahe schmerzt und die Augen wie versteinert und erstarrt immer dieselbe Stelle ansehen – ein Muster, einen Kohleneimer – und mit einer Genauigkeit, die erschreckend ist, weil keine Gemütsbewegung, keine Idee, kein Eindruck irgendwelcher Art kommt, um diese Leere zu verwandeln, zu ändern, zu verschönern; weil die Quellen des Gefühls versiegt zu sein scheinen und, wie der Geist, so auch der Körper starr, statuenhaft wird. So daß weder Mr. Serle noch Miss Anning sich rühren oder sprechen konnten und sie beide das Gefühl hatten, ein Zauberer habe sie befreit und der Frühling jede ihrer Adern mit Lebensströmen durchflutet, als Mira Cartwright verschmitzt Mr. Serle auf die Schulter klopfte und sagte:

»Ich sah Sie bei den *Meistersingern*, und Sie schnitten mich. Sie Scheusal«, sagte Miss Cartwright, »Sie verdienen es nicht, daß ich jemals wieder mit Ihnen spreche.«

Und nun konnten sie sich trennen.

Ein Resümee

Da es im Haus heiß und sehr voll wurde und in einer solchen Nacht nicht zu befürchten war, es werde draußen feucht sein, und die Lampions wie rote und grüne Früchte in den Tiefen eines Zauberwalds zu hängen schienen, führte Bertram Pritchard Mrs. Latham in den Garten hinaus.

Die frische Luft und das Gefühl, im Freien zu sein, verwirrten Sasha Latham, die hochgewachsene, hübsche, ein wenig indolent dreinsehende Dame, deren majestätische Erscheinung so eindrucksvoll war, daß die Leute ihr nie zuschrieben, sich völlig unzulänglich und linkisch zu fühlen, wenn sie auf einer Gesellschaft etwas sagen mußte. Aber so war es; und sie war froh, mit Bertram beisammen zu sein, auf den man sich verlassen konnte, daß er sogar im Freien unaufhörlich reden werde.

Niedergeschrieben, würde, was er sagte, unglaubhaft sein – nicht nur war jede Einzelheit an sich unbedeutend, es bestand auch niemals ein Zusammenhang zwischen seinen verschiedenen Bemerkungen. Tatsächlich, hätte man einen Bleistift genommen und, was er redete, wörtlich aufgeschrieben – und ein Abend seines Geredes hätte ein ganzes Buch gefüllt – so hätte niemand, der es las, zweifeln können, daß es dem Armen an Intellekt gebrach. Das war aber durchaus nicht der Fall, denn Mr. Pritchard war ein hochgeschätzter Staatsbeamter und Ritter des Bath-Ordens; was aber noch seltsamer war – er war fast ausnahmslos beliebt. Es war ein Klang in seiner Stimme, ein Akzent oder Nachdruck, ein Glanz auf der Ungereimtheit seiner Ideen, eine Ausstrahlung von seinem runden, pausbäckigen gebräunten Gesicht und seiner Rotkehlchengestalt, etwas Immaterielles und Ungreifbares, was, unabhängig von seinen Worten, ja oft im Gegensatz zu ihnen, da war und florierte und sich fühlbar machte.

So dachte Sasha Latham stets während Bertram drauflosschwatzte von seiner Rundreise in Devonshire, von Gasthöfen und Wirtinnen, von Eddie und Freddie, von Kühen und Nachtfahrten, von Sahne und Sternen, von Eisenbahnen auf dem Kontinent und Bradshaws Fahrplan, von Stockfisch und Stockschnupfen, Influenza, Rheuma und Keats, – sie dachte an ihn abstrakt als an eine Person, deren Dasein etwas Gutes war, erschuf ihn, während er redete, in einer Maske, die sich von dem, was er sagte, unterschied und gewiß der wahre Bertram Pritchard war, auch wenn man das nicht beweisen konnte. Wie konnte man beweisen, daß er ein treuer Freund und voll Mitgefühls war und – aber hier, wie so oft, wenn sie mit Bertram Pritchard sprach, vergaß sie sein Dasein und begann an etwas andres zu denken.

Die Nacht war es, woran sie dachte, nachdem sie sich zusammengerafft und einen Blick zum Himmel geworfen hatte. Es war das Land, was sie plötzlich roch, die dunkeln stillen Wiesen unter den Sternen, aber hier, in Mrs. Dalloways Hintergarten in Westminster, entzückte sie, die auf dem Land geboren und aufgewachsen war, diese Schönheit vermutlich wegen des Gegensatzes; dort der Geruch von Heu in der Luft und hier, hinter ihr, die Zimmer voller Leute. So neben Bertram gehend, schritt sie fast wie eine Hindin einher, mit einem kleinen Nachgeben der Knöchel, sich fächelnd, majestätisch, schweigend, alle ihre Sinne erweckt, die Ohren gespitzt, die Luft schnuppernd, als wäre sie ein wildes, aber völlig selbstbeherrschtes Geschöpf, das sich bei Nacht seines Lebens freut.

Dies, dachte sie, ist das größte aller Wunder; die höchste

Errungenschaft der Menschheit. Wo einmal Weidendickicht und über Sumpfgewässer paddelnde Fellboote waren, da ist nun dies; und sie dachte an das trockene, fest gemauerte, solid gebaute Haus, angefüllt mit wertvollen Dingen, summend von Leuten, die sich einander näherten, von einander entfernten, Ansichten austauschten, sich gegenseitig anregten. Und Clarissa Dalloway hatte es in den Einöden der Nacht zugänglich gemacht, sie hatte Trittsteine über den Sumpf gelegt. Und als sie beide ans Ende des Gartens kamen (er war in Wirklichkeit recht klein) und sich in Liegestühle setzten, blickte sie verehrungsvoll auf das Haus, begeistert, als würde sie von einem goldenen Strahl durchdrungen und Tränen formten sich daran und fielen in tiefer Dankbarkeit herab. Obgleich schüchtern und fast unfähig, wenn sie plötzlich jemand vorgestellt wurde, irgend etwas zu sagen, im Grunde demütig bescheiden, hegte sie eine tiefe Bewunderung für andre Leute. Die zu sein, wäre wundervoll, aber sie war dazu verurteilt, sie selbst zu sein; sie konnte nur auf diese stumme, begeisterte Art, draußen in einem Garten sitzend, der menschlichen Gesellschaft, von der sie ausgeschlossen war, Beifall zollen. Zitate aus Gedichten zu deren Lob kamen ihr auf die Lippen. Anbetungswürdig und gut waren sie, mutig vor allem, diese Überwinder der Nacht und des Sumpflands, die Überlebenden, das Häuflein der Abenteurer, die, von Gefahren umdroht, weitersegeln.

Durch irgendeine Bosheit des Schicksals war sie selbst nicht imstande, sich ihnen anzuschließen, aber sie konnte hier sitzen und sie preisen, während Bertram drauflosschwatzte, er, der zu den Seefahrern gehörte als Kabinensteward oder gewöhnlicher Matrose – jemand, der munter pfeifend die Masten hinauflief. Während sie das dachte, wurde der Ast eines Baums vor ihr von ihrer Bewunderung für die Besitzer des Hauses durchtränkt; tropfte Gold; oder stand aufrecht

Posten. Er war ein Teil der wackern und lustig zechenden Kumpanei – ein Mast, von dem die Flagge flatterte. Irgendein Faß stand an der Mauer, und auch dieses verklärte sie.

Plötzlich wollte Bertram, der nicht stillzusitzen vermochte, die Umgebung erkunden, stieg auf einen Haufen Ziegel und guckte über die Gartenmauer. Auch Sasha guckte hinüber. Sie sah einen Eimer, oder vielleicht war's ein Stiefel. In einer Sekunde war die Illusion verschwunden. London war wieder da; diese riesige, achtlose, unpersönliche Welt; Autobusse; Geschäftigkeit; Lampen vor Kneipen; und gähnende Polizisten.

Als Bertram seine Neugier befriedigt und seine sprudelnden Gesprächsfontänen durch ein augenblicklanges Schweigen aufgefüllt hatte, forderte er Mr. und Mrs. Dingsda auf, sich zu ihnen zu setzen, und zog noch zwei Stühle heran. Da saßen sie denn, blickten auf dasselbe Haus, denselben Baum, dasselbe Faß; nur konnte Sasha, weil sie über die Mauer geguckt und den Eimer oder vielmehr London erblickt hatte, wie es unbekümmert weiter seiner Wege ging, die Welt nun nicht mehr mit dieser Wolke von Gold überstäuben. Bertram redete, und die Dingsdas – nicht um die Welt konnte sie sich erinnern, ob sie Wallace oder Freeman hießen, – antworteten, und alle ihre Worte drangen durch einen dünnen Dunst von Gold und fielen in prosaisches Tageslicht. Sie blickte auf das trockene, dickwandige Haus aus der Zeit Königin Annas. Sie strengte sich aufs äußerste an, sich zu erinnern, was sie in der Schule über die Insel Thorney und Männer in Fellbooten gelesen hatte, über Austern und Wildenten und Nebel, aber es schien ihr eine logische Angelegenheit von Kanalrohren und Zimmerleuten zu sein, und diese Gesellschaft dort drin – Leute in Abendkleidung, weiter nichts.

Dann fragte sie sich, welche Ansicht die wahre sei? Sie

konnte im Geist den Eimer sehen und vor sich das halb erleuchtete, halb unerleuchtete Haus.

Sie stellte die Frage diesem Jemand, den sie auf ihre demütig bescheidene Art aus der Weisheit und Willenskraft andrer Leute zusammengesetzt hatte. Die Antwort war oft eine zufällige – sie hatte es erlebt, daß ihr Spaniel mit einem Schweifwedeln antwortete.

Nun schien der seiner Vergoldung und Majestät entblößte Baum ihr eine Antwort zu bieten; wurde zu einem Baum auf dem Land – dem einzigen in einem Moor. Sie hatte ihn oft gesehen; hatte die geröteten Wolken zwischen seinen Ästen gesehen oder den durch einen von ihnen gespaltenen Mond, wie er unstete silberige Blitze hersandte. Doch was war die Antwort? Nun, daß die Seele – Sasha war sich einer Regung irgendeines Geschöpfs in ihr bewußt, das in ihr umherflatterte und zu entkommen suchte, und das sie für den Augenblick die Seele nannte, – von Natur ungepaart ist, ein verwitweter Vogel; ein Vogel hoch oben dort auf jenem Baum.

Aber dann schob Bertram seinen Arm unter den ihren, auf seine vertrauliche Art, denn er kannte sie schon ihr ganzes Leben lang, und sagte, daß sie nicht ihre Pflicht täten und nun hineingehn müßten.

In diesem Augenblick, aus einer Hintergasse oder einer Kneipe, ertönte die gewohnte schreckliche, geschlechtslose, unartikulierte Stimme; ein Kreischen, ein Schrei. Und der verwitwete Vogel flog erschrocken auf, zog immer weitere und weitere Kreise, bis er (den sie ihre Seele nannte) so fern war wie eine Krähe, die durch einen Steinwurf in die Luft hinaufgescheucht worden ist.

Ilse Aichinger

Meine Sprache und ich
Erzählungen
Fischer Taschenbuch Band 2081

Zu keiner Stunde
100 Seiten, Leinen

Verschenkter Rat
Gedichte
100 Seiten, Leinen

Schlechte Wörter
Mit einem Nachwort von Heinz F. Schafroth „Die Dimensionen der Atemlosigkeit“.
135 Seiten, Leinen

Auckland
4 Hörspiele,
152 Seiten, brosch.

Eliza Eliza
Erzählungen, Dialoge, Gedichte.
169 Seiten, Leinen

Die größere Hoffnung
Roman. Mit einem Nachwort von Heinz Politzer.
Fischer Bibliothek.
315 Seiten, Leinen
Fischer Taschenbuch Band 1432

Besuch im Pfarrhaus
Ein Hörspiel. Drei Dialoge. 94 Seiten, Kart.

S.Fischer